BASTEI
LÜBBE

Von Ephraim Kishon sind als Bastei Lübbe Taschenbücher erschienen:

12016 Kishon für alle Fälle
12032 Kishon für Steuerzahler
12265 Der Fuchs im Hühnerstall
12299 Drehn Sie sich um, Frau Lot!
12331 Mein Freund Jossele und andere Satiren
12432 Der seekranke Walfisch
12452 Nichts zu lachen
12466 Wie unfair, David!
12554 Ein Apfel ist an allem schuld
12742 Total verkabelt
12786 Paradies neu zu vermieten
12824 Kishons beste Reisegeschichten
12877 Es war die Lerche
12936 Kishon für Kenner – ABC der Heiterkeit
12957 In Sachen Kain und Abel
14248 Mein Kamm
14324 Beste Tiergeschichten
14350 Beste Familiengeschichten
14474 Beste Autofahrergeschichten
14356 … und was machen wir am Nachmittag?
14623 Auch die Waschmaschine ist nur ein Mensch
14628 … und die beste Ehefrau von allen
14697 Beinahe die Wahrheit

Von Sarah Kishon ist als Bastei Lübbe Taschenbuch erschienen:

14389 Mein geliebter Lügner

Ephraim
KISHON

Wer's glaubt, wird selig

Politische Satiren

Ins Deutsche übertragen von
Ephraim Kishon, Ursula Abrahamy
und Brigitte Sinhuber-Harenberg

Innenillustrationen von Felix Weinold

BASTEI
LÜBBE

BASTEI LÜBBE TASCHENBUCH
Band 14779

Erste Auflage: September 2002

Vollständige Taschenbuchausgabe

Bastei Lübbe Taschenbücher ist ein Imprint
der Verlagsgruppe Lübbe

Lizenzausgabe: Verlagsgruppe Lübbe GmbH & Co. KG,
Bergisch Gladbach
Umschlaggestaltung: Tanja Østlyngen
Titelillustration: Rudolf Angerer
Satz: Filmsatz Schröter GmbH, München
Druck und Verarbeitung: Ebner & Spiegel GmbH, Ulm
Printed in Germany
ISBN 3-404-14799-0

»Es hilft dem Menschen weder Macht noch Geld, wenn er auf eine Marmortreppe fällt.«

W. Shakespeare
frei nach Ephraim Kishon

Inhalt

Zum Titel der vorliegenden Studie hat mich ein mutiger Kollege inspiriert: Niccolo Machiavelli, der bissige Satiriker und elegante Komödienschreiber aus dem schönen Florenz. Im ausgehenden Mittelalter stand Machiavellis vernichtendes Urteil über Wahrheit und Anstand in der Politik bereits fest: Wer an die Moral der Gesetzgeber glaubt, ist ein rechter Dummkopf.

Machiavelli war ein treuer Diener der Florentinischen Republik, bis ihn die Medicis zum Teufel, genauer gesagt, aufs Land schickten. Doch selbst in der Not des Exils erwies er sich als spöttischer Dichter und schrieb dann im Jahr 1513 sein Lebenswerk, den berüchtigten Essay »Il Principe«, zu deutsch »Der Fürst«. Aber da sich die Herrschaften schon im 16. Jahrhundert nicht vorstellen konnten, daß ein humorvoller Mensch auch Ernsthaftes zu sagen hat, wußten sie nicht, was sie mit dieser respektlosen Schmähschrift anfangen sollten, darüber lachen, sich ärgern oder sie ignorieren.

Oft genug kommt es vor, daß einer dem anderen eine Grobheit an den Kopf wirft und sich dann mit gequältem Lächeln bei dem Gekränkten entschuldigt:

»War ja nur ein Witz ...«

Im Falle von »Il Principe« war es genau umgekehrt. Hier lachten die gekränkten Herrscher beschwichtigend:

»Nicht der Rede wert, es war doch nur ein Scherz.«

Machiavelli gilt vielen als Idealist, doch in Wirklichkeit war er ein unbestechlicher Realist, heute würde man ihn einen Pragmatiker nennen. Der auf sein kleines Landgut verbannte Beamte tat, was ein waschechter Satiriker tun muß, er sprach die nackte Wahrheit aus über die Mechanismen der Machtpolitik. Diese Wahrheit ist und bleibt urkomisch, seit der erste Stammeshäuptling in einer Steinhöhle einem frechen Kerl den Schädel einschlug, ohne zu ahnen, daß er soeben eine Krise zwischen Regierung und Opposition friedlich gelöst hatte.

Bis heute und vermutlich noch bis in alle Ewigkeit hält dieses große Catch-as-Catch-Can da oben an, in dem die Besiegten zu Siegern werden wie auch umgekehrt, ein endloser Ringkampf in der politischen Arena, der auch im Grab nicht endet.

Machiavelli war nicht der erste, der entdeckte, daß die Politik ein Treibhaus ist, in dem Betrug, Machtgier und Heuchelei wilde Blüten treiben, die Wahrheit hunderte Gesichter und die Lüge unzählige lange Beine hat.

Bereits im Alten Testament wimmelt es, bei allem Respekt, von unmoralischen Machtspielen, bei denen Sitte und Anstand über Bord gegangen sind. Noch deutlicher wurde dann der göttliche Kaiser Caligula, der seinerzeit kein Geheimnis aus seiner politischen Weltanschauung machte: »Meine geliebten Untertanen sollen mich nicht achten, sondern panische Angst vor mir haben«, eine Einstellung, die heutige Finanzminister restlos teilen.

Dennoch war der Amateurprophet Machiavelli kein Zyniker. Er glaubte an die Gerechtigkeit, aber er zweifelte an ihrem Sieg. Sein trauriges Schicksal zeigt, daß man im politischen Dschungel nicht allzu klug sein darf.

Einige hundert Jahre nach seinem Hinscheiden wurde Machiavelli vom Hofnarren zum bedeutenden Philosophen und Staatsdenker befördert. Worüber man heute nicht mehr spricht, ist die Tatsache, daß er selbst sein Meisterwerk nicht besonders ernst genommen hat. Im brillanten XXIII. Kapitel seines Buches hat er seinen Fürsten zwar gelehrt, »Wie man sich vor Schmeichlern hüten muß«, doch dann widmete er das Buch seinem Verfolger, dem »Erlauchten Lorenzo Medici« mit peinlicher Unterwürfigkeit: »Wenn Ihr das Büchlein sorgfältig erwägt und lest, Euer Hoheit«, schrieb er, »werdet Ihr darin meinen heißen Wunsch erkennen, daß Ihr zu der Größe gelangt, die das Schicksal und Eure Gaben Euch bestimmt haben.«

Wer's glaubt, wird selig.

Machiavellis winzige Erben *oder* *Das Übergewicht der Luftballone*

Politiker ist nicht nur ein besonders wichtiger Beruf, sondern auch ein besonders attraktiver. Man braucht dafür keinerlei Ausbildung, denn wer Staatswissenschaften studiert hat, wird kaum einen der wackeligen Regierungsstühle erklimmen. Ein angehender Politiker sollte ähnlich wie ein guter Komödiant eine möglichst dicke

Haut haben, da ihn sonst seine akademische Bildung daran hindert, Buhrufe als Beifall aufzufassen.

Zu Machiavellis Zeiten gab es noch echte Tragödien, heutzutage überwiegen eher tragikomische Episoden. Einst führten blutige Schlachten auf den umtosten Gipfel der Macht, heute tun's auch Hahnenkämpfe, und statt eines Säbels benutzt man versteckte Mikrophone. Nicht der Stahl, sondern das Geld bringt den Sieg, entweder in gängigen Münzen oder als Wahlversprechen für Steuerreformen. Und doch, das Prinzip ist das gleiche. Der Eintritt in die Politik wird nur durch den Pakt mit Mephisto möglich. Die Seele wird, wie in Goethes »Faust«, verpfändet. Das Fälligkeitsdatum jedoch bleibt offen.

Es fragt sich an dieser Stelle, ob der betreffende Politiker den »Faust« überhaupt gelesen hat. Das muß er wirklich nicht. Er braucht eigentlich gar nicht viel zu lesen, er braucht nur da oben zu schweben – im exklusiven Club der Luftballone.

Und wer sind die Mitglieder dieser internationalen Vereinigung? Die wenigen, schlauen Hasardeure, die sich an den politischen Roulettetisch setzen und Glück haben? Nein, über die schreibe ich nicht. Ich schreibe über die zahllosen Dummköpfe, deren einzige Begabung darin besteht, in trostlosen Parteisitzungen mit offenen Augen zu schlafen und mit geschlossenem Mund zu gähnen. Der Bürger vergißt dabei nur allzu gern, daß er und kein anderer gerade jene gewählt hat, und stellt sich nach jedem besonders dämlichen Streich seiner Machthaber die verzweifelte Frage, wie es denn möglich ist, daß auf den wichtigsten Stühlen derart alberne Figuren landen konnten. Oder handelt es sich vielleicht doch um geheime politische Aktivitäten, die er nicht beurteilen und verstehen kann, um höhere Staatsinteressen sozusagen, die nur denen dort oben bekannt sind ...?

Nein, dort oben gibt es nichts dergleichen. Dort herrscht lupenreine, allwetterfeste Dummheit. Noch in den höchsten Ämtern beugen sich über die überdimensionalen Designer-Schreibtische statt Köpfen lauter aufgeblasene, übergewichtige Luftballone.

Und wagt es gar ein neugieriger Journalist oder ein verärgerter Steuerzahler, die Schnapsideen unserer Luftballone zu kritisieren, dann geben sie aufgeblasen und mit hochgezogenen Augenbrauen das Stichwort:

»Kein Kommentar.«

Nein, sie haben keinerlei Ahnung, und wir haben viel zu viel Respekt. Wenn der Bürger das Stichwort Nummer zwei, nämlich »Top secret« hört, erscheinen vor seinem geistigen Auge High-Tech-Computer, blinkende rote Lämpchen, Agenten mit schwarzer Brille, also all jene geheimdienstlichen Wunder, die normal Sterblichen nur auf dem Fernsehschirm begegnen. Dort oben gibt es aber gar kein High-Tech, außer vielleicht eine amerikanische Klimaanlage. Der grandiose politische und wirtschaftliche Unsinn ist hausgemacht, in schlichter Einfalt und fleißiger Handarbeit. Wir, die Eingeborenen, haben einen lächerlichen Minderwertigkeitskomplex. Wir mißachten die Tatsache, daß man sich in der freien Welt höchstens durch zu dreiste Korruption strafbar macht, durch Talentlosigkeit niemals. Und wir finden uns damit ab, daß manche Spitzenpositionen mit überschätzten Luftballonen besetzt sind, als handele es sich dabei um ein unabänderliches Naturgesetz.

Es ist seltsam, aber es passiert immer wieder. Man befindet sich in recht angenehmer Gesellschaft, und das lebhafte Gespräch kommt über kurz oder lang auf die glanzvolle Karriere eines gewissen Spitzenpolitikers. Sofort platzt da jemand mit der Nachricht heraus:

»Den kenne ich doch. Ich schwöre euch, der war der Dümmste in der ganzen Klasse. Wenn der Lehrer uns fragte: ›Haben das alle verstanden‹, ergänzte er sicherheitshalber ›Du auch, Gusti Spiegler?‹. Und jetzt ist Sir Gustav Spiegler plötzlich Staatssekretär. Das kann doch nicht wahr sein.«

Es ist aber wahr. Der Sir ist auch dort oben noch immer derselbe begriffsstutzige Gusti, nur mit dem Unterschied, daß er jetzt eine besonders blonde Sekretärin, einen zweiten Vornamen und eine englische Pfeife im Mund hat. Er trägt Fönfrisur, schickt Spendengelder zur »Heilsarmee Alabama« und wird morgen stolzgebläht dem Minister über neue Importrekorde aus China berichten. Übrigens, Sir Gustav Lloyd Spiegler steht unter dem persönlichen Schutz des Ministers. Warum das so ist? Ganz einfach, jeder Politiker liebt schließlich seine Fans. Aber während talentierte Staatsdiener sich in der

Kriecherei ein wenig schwertun, haben es die Einfachen viel einfacher. Die politische Karriereleiter ist nichts für die, die fliegen können, aber um so wichtiger für jene, die auf allen vieren krabbeln. Mittelmaß nach oben, auch das ist Demokratie.

Haben das wirklich alle verstanden? Du auch, Gusti Spiegler?

Also kein Kopfzerbrechen bitte, wenn es um eine unerklärliche politische Karriere geht. Der kleine Steuerzahler braucht keinen Therapeuten gegen seine Komplexe. Es reicht völlig, wenn er jeden Morgen zu Hause vor dem Spiegel laute Selbstgespräche führt. »Mein lieber Freund«, sollte er sich sagen, »glaubst du denn wirklich, daß du von der Lösung verzwickter politischer Probleme mehr verstehst als ein erfahrener Staatsbeamter?« Und dann sollte er seinem Spiegelbild mit klarer und deutlicher Stimme antworten: »Ja, das glaube ich«, und sich mit zwei lautstarken »Und ob. Und ob« Mut machen.

Um kein Mißverständnis aufkommen zu lassen, dieses politische Hilfsprogramm dient nur der Selbstverteidigung. Immerhin ist auch noch die schlechteste aller Demokratien des dummen Schülers Spiegler viel mehr wert als die beste aller erfolgreichen Diktaturen. Gusti ist eben der Preis, den wir für die Freiheit zahlen. Und wir tun das mit Freude.

Denn auch wenn wir es nicht mit Freude täten, schwebten die Luftballone da oben. Warum dann nicht wenigstens freuen?

Coiffeur mit Diplomatenkoffer
oder
Wahlen ohne Wahl

Nein, wir sollten uns wirklich nicht beklagen, zumindest nicht zu sehr. Unsere Demokratie hat sich für die Disziplin Machtkampf verhältnismäßig menschliche Regeln ausgedacht, eine höchst amüsante Gesellschaftslotterie, in der eine ganze Nation mit unterschiedlicher Begeisterung mitspielen darf, ein Kinderspiel für Erwachsene, besser bekannt unter dem schmeichelhaften Kosenamen »freie Wahlen«.

Was für eine Wahl bitte?

Diese bundesweite Gaukelei ist nicht die Achillesferse der Demokratie, sondern ihr Kainsmal. Den Politikern ist es bei ihrem Stimmenfang gesetzlich gestattet, in einem Atemzug alles auf einmal zu versprechen, höhere Steuern für Investoren und Kampf gegen Arbeitslosigkeit, soziale Reformen und eisernes Durchgreifen der Polizei, Law and Order, Kindergeld und Frauenarbeit, Tag und Nacht, Schwarz auf Weiß, alles, was gut und teuer ist. Doch wenn ein Politiker heute etwas verspricht, ist auch das Gegenteil gelogen.

Da ist es kein Wunder, wenn der Wähler völlig unentschlossen ist und am Jüngsten Tag der Politik lieber gleich zu Hause bleibt. Man sollte daraus allerdings nicht schließen, daß er gleichgültig ist. Er ist nur müde.

»Darf ich Sie fragen, wen Sie wählen werden?«

»Wählen? Wann?«

»Jetzt, bei der Wahl.«

»Es gibt Wahlen?«

»Das wissen Sie nicht?«

»Ich hab nicht drauf geachtet. Keiner hat mir etwas gesagt.«

»Aber Sie werden doch fernsehen. Alle Sendungen sind voll davon.«

»Richtig, die Kinder haben irgend etwas erzählt. Wann ist das eigentlich?«

»Nächsten Dienstag.«

»Da habe ich ja noch genug Zeit nachzudenken. Wen werden Sie denn wählen?«

»Ich? Warten Sie, gestern habe ich es noch gewußt, ehrlich. Irgend etwas mit S am Anfang. Oder war es F?«

»Schreiben Sie es sich doch auf.«

»Meine Frau erinnert sich bestimmt. Und wohin wir unser Kreuzchen malen, ist doch ganz egal.«

»Ich werfe lieber eine Münze.«

»Auch gut.«

»Sagen Sie, sind Sie sicher, daß Wahlen stattfinden?«

»Jetzt weiß ich das auch nicht mehr so genau. Sie haben mich ganz durcheinandergebracht. Sehen wir mal in der Zeitung nach. Doch, da haben wir es ja, seitenweise Anzeigen.«

»Das heißt, es gibt Wahlen. Ich bin für nationale Einheit.«

»Ich auch. Was ist das eigentlich?«

»Für alle den gleichen Lohn.«

»Dann gehören wir derselben politischen Richtung an. Andere Themen sind mir nicht so wichtig. Bis Dienstag.«

»Wenn's nicht regnet.«

Man sieht, Interesse ist durchaus vorhanden, wenn auch ein wenig gedämpft. Immerhin bringt der dressierte Wähler langsam sämtliche politischen Begriffe durcheinander. Das kann man ihm aber auch wirklich nicht verübeln. Eine gewisse Farbe kommt nur noch durch die nationalen Unterschiede ins Spiel. In England etwa wechselt der Wähler die Regierung aus Gewohnheit, in Italien muß er sich zwischen dem lieben Gott und der Armut entscheiden. In Deutschland wählt er den Gegner seines Gegners, und in den USA erlebt er den zwölfmonatigen Schönheitswettbewerb um die größere Ähnlichkeit mit John F. Kennedy. Dort, in der größten Demokratie von allen, findet auch der größte Zirkus statt.

Ich beziehe mich hier auf jenen historischen Wendepunkt in der amerikanischen Wahlgeschichte, als der Scheitel des Präsidentschaftskandidaten Jimmy Carter urplötzlich von rechts nach links hinüberrutschte.

Der ideologische Kampf war bis dahin unentschieden, die Vorzüge und Mängel waren durchaus gerecht verteilt.

Der Demokrat Jimmy Carter hatte zwar mehr Haare auf dem Kopf, aber sein Gegner, der republikanische Ex-Präsident Gerald Ford, war nicht weniger als acht Zentimeter größer.

Dann passierte etwas ganz und gar Schreckliches. Das Haar des Herausforderers Carter lichtete sich urplötzlich. Bald ließ sich vor den Wählern nicht mehr verbergen, daß sein Haaransatz auf totalem Rückzug war. Fords Parteigenossen jubelten vor Freude, und in der demokratischen Propagandazentrale brach Panik aus. Schließlich stand das Schicksal der freien Welt auf dem Spiel.

In einer endlosen Nachtsitzung mußten sich Carters Wahlkampfmanager damit abfinden, daß der acht Zentimeter größere Ford vermutlich bis zur Wahl nicht wesentlich schrumpfen würde und somit eine durchgreifende Änderung der Wahlstrategie nottat. Wesentlich war vor allem die Erkenntnis, daß auf Carters rechter Schädelhälfte offenbar mehr Haare übriggeblieben waren. Die geheim getroffene Entscheidung lautete daher einstimmig: »In Anbetracht der ernsten politischen Lage muß C.'s Scheitel auf der gegenüberliegenden Seite gezogen werden.«

Der Linksruck bewährte sich. Unterstützt von einer Dauerwelle und dem Engagement eines bekannten Coiffeurs, eigentlich des renommiertesten in Florida, war dies zweifelsohne ein genialer politischer Schachzug. Bekanntlich siegte Carter bei den Präsidentschaftswahlen mit großem Vorsprung. Die Fernsehzuschauer können sich gewiß daran erinnern, daß bei der feierlichen Vereidigung ein hochgewachsener Offizier mit schwarzem Diplomatenkoffer ständig hinter dem neuen Präsidenten stand.

Es war der oberste Coiffeur vom Dienst.

Eine himmlische Unterwelt
oder
Der Grünspan-Komplex

Man muß damit leben. Es gibt die eine Welt der anständigen, steuerzahlenden Familienväter, und es gibt eine Unterwelt der Eingeweihten, die im Besitz jener magischen Formel sind, die Tür und Tor zu Wohlleben und Macht öffnet. Die Welt der einfachen Steuerzahler befindet sich auf der Erde, die Unterwelt der Sieger hingegen genießt das Leben ganz oben, in der Höhe der Wolken. Ihre Mitglieder, von den anständigen Familienvätern gewählt, widmen sich natürlich niemals dem eigenen Interesse, sondern ausschließlich dem Wohl der Nation. Es macht ihnen auch gar nichts aus, schließlich sind sie imstande, mit ein paar wenigen ins Telefon geflüsterten Worten oder mit einer Kritzelei auf einem Fetzen Papier ganze Berge zu versetzen.

Sie sind auch ganz hervorragende Schauspieler, die wissen, wie man mit Parolen über soziale Gerechtigkeit, politische Ethik und gesellschaftliche Hygiene die Wähler in Bann schlägt. Aber hinter ihrer pathetischen Rhetorik versteckt sich das, was sie im Leben mehr interessiert als alles andere – wie zum Beispiel Grünspan.

Zur Illustration dieser Behauptung müssen wir das Schlafzimmer eines Ministers auf Zehenspitzen betreten. Bitte keine Bewegung, kein Geräusch …

Die alte Wanduhr schlägt soeben Mitternacht. Vor dem Bett des Politikers erscheint der Erzengel aus dem Garten Eden mit seinem flammenden Schwert.

»Stehen Sie auf«, befiehlt der Engel. »Stehen Sie auf und lassen Sie sich pensionieren.«

»Ich?« Der Minister reibt sich die von Schlaflosigkeit geröteten Augen. »Warum denn gerade ich?«

»Ich habe keine Zeit, auf Details einzugehen, Exzellenz«, sagt der Erzengel und blickt auf seine Sanduhr. »Geben Sie sich damit zufrieden, daß jeder weitere Tag, den Sie in der Regierung sind, den Staat näher an den Abgrund bringt. Treten Sie zurück.«

Der Politiker richtet sich auf.

»Grünspan«, zischt er. »Ich bin ganz sicher, daß dieser Gauner Sie geschickt hat.«

»Nein«, flüstert der Engel, »Befehl von oben.«

So geschah es vor zwei Wochen oder vor einem halben Jahr, vielleicht auch vor sieben Jahren. Im Grunde genommen kann es jede Nacht geschehen. Minister kommen und gehen, Erzengel und Grünspans bleiben.

»Wenn Sie nicht zurücktreten, wird alles so bleiben,

wie es ist«, warnt der Bote von oben, und die Flamme seines Schwertes zuckt. »Die Wirtschaft wird zusammenbrechen, Schwarzgeld zur offiziellen Währung werden und die Mafia die Oberhand erlangen.«

»Warum gehen Sie nicht zu Grünspan. Er ist schließlich auch ein Parteifunktionär.«

»Das Schicksal des Staates steht auf dem Spiel, Exzellenz. Ein Jüngling, der bisher das Vaterland freiwillig verteidigt hat, fährt heute lieber Taxi in New York.«

»Weil er korrupt ist.«

»Wer?«

»Grünspan. Am Sonntag hat er dem Vorsitzenden des Verteidigungskomitees ein Papier zugesteckt, aber ich bin nach der Sitzung heimlich zurückgekommen und habe den zerknüllten Zettel aus dem vollen Aschenbecher gefischt. Wissen Sie, was er über mich geschrieben hatte? ›Hüte Dich vor dem Zwerg‹, stand da in seiner ekeligen Schrift. Bin ich etwa ein Zwerg, frage ich Sie? Ich, ein Zwerg! Ein Zwerg, ich?«

Der Minister steht auf und richtet sich zu seiner vollen Größe auf.

»Gut, ich bin jetzt barfuß«, räumt er ein, »aber an einem guten Tag komme ich in meinen neuen Tennisschuhen locker auf 165 Zentimeter. Das ist eine ganz normale Größe. Und damit Sie es wissen, ausgerechnet Grünspan rennt jeden Morgen zum Friseur, um sich die Haare für die Fotografen hochföhnen zu lassen.«

»Die Produktion im Lande wird aufgrund Rohstoffmangels versiegen«, prophezeit der Engel mit geschlossenen Augen, »der Verkehr wird zum Stillstand kommen, die Inflation sich monatlich verdreifachen.«

»Sie müssen schon entschuldigen, aber bei 165 Zentimetern ist man wirklich kein Zwerg. Die Schwester von Grünspan ist übrigens Alkoholikerin.«

»Sympathisanten in aller Welt werden uns fallenlassen, man wird uns international isolieren.«

»Bei der Gründungsfeier seiner komischen Fraktion ›Zur Rettung des Vaterlands‹ nannte mich Grünspan eine schwitzende Laus. Dabei hat er ständig verschwitzte Hände, man sollte ihn zum Therapeuten schicken. Natürlich habe ich auch eine Bewegung gegründet, ›Zur Sofortigen Vaterlandsrettung‹, deren erklärtes staatliches Ziel es ist, diesem Politfloh das Handwerk zu legen.«

»Die Arbeitslosigkeit wird eskalieren und die Bürger werden auf die Straße gehen. Treten Sie endlich zurück.«

»Ich habe bei den Umfragen im Mai und auch noch Anfang Juni als Absorptionsminister 1,1 Prozent der Stimmen erhalten. Grünspan hingegen hat nicht einmal 0,9 Prozent als Energie-Vize zusammenkratzen können, und trotzdem ist diese Null in 16 Regierungsausschüssen. Ich gehöre nur 13 Vereinen an, darunter diesem letztklassigen Sportverein.«

»Dann treten Sie doch zurück.«

»Um Grünspan eine Freude zu machen?«

»Das ist meine letzte Warnung.«

»Grünspan verdeckt mich bei Fototerminen immer mit seiner blöden Föhnfrisur«, beklagt sich der Minister.

»Noch vorgestern vor der Sitzung des Nuklearkomitees habe ich zu ihm gesagt: ›Stellen Sie sich gefälligst nicht immer vor mich, Grünspan, wenn Kameras in der Nähe sind.‹ Und was macht er? Er angelt sich meinen nagelneuen Kugelschreiber und reinigt sich damit demonstrativ seine schmutzigen Fingernägel. ›Dieser Stift ist zum Schreiben da, Grünspan‹, habe ich ihn angeschnauzt. Und was, glauben Sie, hat der unverschämte Mensch geantwortet?«

»Im Land wird ein blutiger Bürgerkrieg ausbrechen …«

»Nein, Grünspan hat geantwortet: ›Sie können doch gar nicht schreiben.‹ Man sollte lieber ihn fragen, ob er lesen kann. Der hat doch sicher noch nie ein Buch in der Hand gehabt. Wenn die Lage nicht so ernst wäre, würde ich mich über diesen Idioten einfach totlachen.«

»Reichen Sie besser heute als morgen Ihren Rücktritt ein, sonst wird schon bald eine Hungerepidemie ausbrechen, die Menschen werden den Müll nach Essensresten für ihre Kinder durchwühlen, die Pest wird wüten …«

»Das ist noch gar nichts. Zwei Leute haben Grünspan im Kino mit seiner Sekretärin Zippi gesehen. Sie haben Popcorn aus ein und derselben Tüte gegessen. Wo hat man so etwas erlebt, ein Vizeminister!«

»Heuschreckenschwärme werden sich über die Felder hermachen, die vertrocknete Erde wird sich auftun und jene, die noch am Leben sind, verschlingen.«

»Ist ein Kugelschreiber etwa zum Nägelputzen da, frage ich Sie?«

»Die Feinde werden das Land überfallen und Ihre Nachkommen ausrotten.«

»Popcorn im Dunkeln, auch schon was.«

Der Engel erhebt sein flammendes Schwert, sein Antlitz versteinert sich.

»Sie wollen nicht begreifen, Mensch«, ruft er mit Donnerhall. »Eine neue Sintflut wird hereinbrechen.«

»Von mir aus«, antwortet der Minister und zieht seine Pyjamahose hoch. »Grünspan kann nicht schwimmen.«

Zu diesem Zeitpunkt ungefähr reichte der Erzengel seinen Rücktritt ein.

Wahrlich, Erzengel ist kein leichter Beruf. Doch auch den Minister muß man verstehen. Schon morgen kann Grünspan sich beim neuen Parteisekretär Liebkind machen, und dann kann viel passieren.

Aber es darf nichts passieren. Ein echter Politiker hält seine Zügel fest in der Hand, genau wie ein echter Kutscher. Und ich habe noch keinen Kutscher getroffen, der nicht vollkommen sicher war, seine angespannten Pferde, auch die stärksten Hengste und die wildesten Stuten, mit seiner Peitsche im Zaume halten zu können.

Aber auch der selbstsicherste Kutscher büßt sein Imponiergehabe ein, wenn er plötzlich ohne Pferde dasteht. Augenblicklich verwandelt er sich in einen armseligen Wicht. Doch leider haben die Pferde vor der nächsten Neuwahl keine Gelegenheit, ihren Kutscher zu wechseln.

Es gibt immer eine Bananenschale oder Die Immunität der Namenlosen

Niccolo Machiavelli war 14 Jahre lang ein Kutscher in Sachen Politik, aber während seiner Beamtenlaufbahn in der Florentinischen Republik hatte er mit seiner Schwärmerei für Cesare Borgia, den Sohn des keuschen Papstes Alexander VI., auf das falsche Pferd gesetzt.

Aus seiner grenzenlosen Bewunderung für den großen Cesare machte Machiavelli in seinem Lehrbuch kein Hehl. Fürst Borgia, der begabte Autodidakt, kannte auch ohne Machiavellis weise Ratschläge die Spielregeln der Macht: »Ob Feind oder Freund, sie müssen fallen. Feinde, weil sie Feinde sind, und die Freunde, weil du ihre Erwartungen nicht erfüllen kannst.«

Für Machiavelli aber war Valentino, wie er seinen Borgia liebevoll nannte, der Musterknabe eines weisen Politikers schlechthin. Der Bewunderte hatte alles nach Vorschrift getan, er heuchelte und schmeichelte und täuschte treuherzig auch die eingeschworensten Feinde, um sie dann rechtzeitig niederzumetzeln. Sein talentierter Valentino war also auf dem besten Wege, die ganze Fülle der Macht auszukosten, nur um dann doch noch auf einer Bananenschale auszurutschen. Er und sein Vater wurden, wie man weiß, von einem freundlichen Kardinal vergiftet.

Nach diesem Debakel war Valentino für Machiavelli nur mehr ein Muster ohne Wert. Aber auch mein florentinischer Kollege kam nicht ungeschoren davon. Ihm wurde von Borgias Nachfolgern gekündigt, das heißt, er wurde verhaftet, gefoltert und verbannt.

Heute geht das nicht mehr so einfach, schon wegen der Gewerkschaften und Betriebsräte, versteht sich. Erst wenn der Gestolperte am Pranger steht, ist sein Schicksal besiegelt. Und das erledigen heutzutage die Medien, unerbittlich und endgültig. Dabei geht es nicht um irgendeine berufliche Dummheit. An derlei Fehltritte haben sich längst alle gewöhnt, für das endgültige Aus ist das Privatleben des strauchelnden Helden die ergiebigste Fundgrube. Das Private ist die nackte Achillesferse eines jeden Berufspolitikers. Da hilft nicht einmal mehr ein Schutzengel in der Parteizentrale.

»Vae victis«, Weh den Besiegten, wußten schon die Römer zu klagen und besiegelten damit die Grundregeln des vernünftigen Handelns in der politischen Welt. Wer einmal auf eine Bananenschale getreten ist, kommt nicht wieder hoch. Erst überfallen ihn die gelblichen Schundblätter, dann wird die Sensation naserümpfend von den großen, ernsten Zeitungen übernommen.

Sie dürfen sich aber um Gottes willen nicht an die Wahrheit halten. Die Wahrheit ist langweilig. Wenn zum Beispiel Grünspans Popcornromanze mit Fräulein Zippi auffliegt, lautet die nächste Schlagzeile unvermeidlich: »Grünspan in neuen Zollskandal verwickelt?« Und wenn er über die Einkommenssteuer stolpert, heißt es auf der letzten Seite: »Frau Grünspan: Jetzt rede ich!«

Die gnädige Frau selbst braucht natürlich kein Sterbenswörtchen zu sprechen. Kein Hahn kräht nach ihrer Meinung. Grünspan ist ohnedies erledigt, ohne das kleinste Risiko für das journalistische Schlitzohr. Grünspan ist nämlich eine bekannte politische Figur und das Schlitzohr ein unbekanntes Nichts, das als solches Immunität genießt. Ein Nichts, das im Privatleben sein kann, was es will, Sexomane oder korruptes Schwein, ein Nichts, das einen mit dem Nobelpreis geehrten Altkanzler genüßlich fertigmachen kann mit der lakonischen Headline: »Wer zahlte die Nutten im Kanzleramt?« Fragezeichen nicht vergessen …

Der Untergang ist vorprogrammiert. Es ist das Kleingedruckte in Mephistos Vertrag. Eine politische Laufbahn hat noch kaum jemand aufrecht beendet. Bismarck, Adenauer, de Gaulle, Churchill, Chruschtschow, Golda Meir, Margret Thatcher, Ben Gurion, Helmut Kohl, alle gingen sie mit gebeugtem Rücken. Nur jene nicht, die rechtzeitig aus der Welt geschafft wurden, wie einst zu Borgias Zeiten. Aber welchem Politiker wird in unseren Tagen schon solches Glück zuteil?

Der kluge Niccolo Machiavelli hat alles bedacht, was für einen politischen Aufstieg vonnöten ist, Lanzen, Gift und Geld, nur die Medien hat er dabei vergessen.

Er war eben doch ein Dilettant in Sachen Politik.

Trotz allem, wovon bisher die Rede war, Mitleid für eine politische Koryphäe wäre fehl am Platz. Schließlich gibt es auch eine glorreiche Laufbahn vor der Bananenschale, das erste fröhliche Trippeln auf dem Weg zum trügerischen Glück.

Nun, welchen Schritt tut ein frisch gebackener Politiker zuerst? Vermutlich wird er im Parlament eine Lanze für die soziale Gerechtigkeit brechen, kurz darauf begreifen, worauf's ankommt, und für Diätenerhöhung der Abgeordneten stimmen. Das heißt, zuerst die Kohle und dann die Moral, und zwar dalli, dalli …

Der Blitzkrieg

»Geschätzte Abgeordnete!

Bitte alle herhören! Der Finanzausschuß muß blitzartig handeln.«

»Jawohl, jede Sekunde zählt!«

»Und der logistische Überraschungseffekt!«

»Es muß unter allen Umständen verhindert werden, daß irgend etwas durchsickert, bevor der Finanzausschuß zustimmt.«

»Richtig, wir müssen der Presse zumindest eine Viertelstunde voraus sein.«

»Und dem öffentlichen Skandal um zwei Stunden.«

»Also dann los, bereiten wir eine detaillierte Strategie vor. Wann steigt unser Sprecher auf das Rednerpult des Finanzausschusses?«

»Um Zehn-Komma-Null-Fünf.«

»Meine Berechnungen haben ergeben, daß er cirka 30 Sekunden braucht, um dahin zu gelangen.«

»Viel zu lang! Er muß schon auf dem Weg zum Rednerpult zu sprechen beginnen. Sind die Türen verschlossen?«

»Mit Sicherheitsschlößern.«

»Ich gebe unserem Sprecher allerhöchstens eine halbe Minute für ein paar ergreifende Worte über das Engerschnallen des Gürtels und die rosige Zukunft der Nation, danach soll er gleich zur Sache kommen. Innerhalb von drei Minuten muß abgestimmt werden. Ist sein Text fertig?«

»Natürlich. ›Im Namen der Koalition und der Opposition schlagen wir eine jährliche Diätenerhöhung von 44 Prozent für jeden Abgeordneten vor. Abstimmung!‹«

»Zu lang! Schon nach der Hälfte des ersten Satzes wird es vor dem Fenster zu Demonstrationen kommen. Der Text muß drastisch gekürzt werden. Meiner Meinung nach genügt es völlig, dem Komitee mitzuteilen: ›Bis zur nächsten Wahl 24000 im Jahr pro Abgeordnetem. Abstimmung!‹«

»Oder noch besser: ›Dieses Jahr 24000. Abstimmung!‹«

»Gefällt mir. Aber unser Sprecher sollte noch rasch hinzufügen: ›Plus Repräsentationszulagen und 2000 bar auf die Hand. Abstimmung!‹«

»Warum nicht? Wie lange wird die Auszählung der Stimmen dauern?«

»Mindestens zwei Minuten.«

»Mein Gott! Ich schlage vor, daß wir uns gleich mit erhobenen Armen hinsetzen.«

»Gute Idee. Was ist mit der Opposition?«

»Sie wird zu einer dringenden Beratung zusammentreten.«

»Wie lange dauert das?«

»Wie ich diese hartnäckigen Burschen kenne, werden sie eine knappe Minute zögern.«

»Und die radikale Linke?«

»Dreieinhalb Sekunden.«

»Also Weltrekord in Gesetzgebung. Fünf Minuten und zwanzig Sekunden, inklusive Unterzeichnung des Protokolls.«

»Es genügt paraphiert.«

»Durchaus. Aber meiner Einschätzung nach wird die Presse genau da Lunte riechen.«

»Die Journalisten werden aber mindestens vier wertvolle Minuten brauchen, um das Ganze nachzurechnen: 24 000 mal 669 Abgeordnete, mal vier Jahre ...«

»Ich hoffe, daß sie zweimal nachrechnen, weil sie ihren Augen nicht trauen.«

»Wie auch immer, bis die Medien sich von dem Schock erholt haben, wird das Geld schon verteilt sein. Apropos, ist das Geld bereit?«

»In Säcken abgepackt, in Hundertern.«

»Mit wie vielen Nullen schreibt man 64 Millionen?«

»Mit sechs Nullen und zwei für die Groschen. Insgesamt acht Nullen.«

»Das braucht seine Zeit. Ich habe ohnedies das Gefühl, daß der Pöbel zu diesem Zeitpunkt bereits das Parlament stürmen wird.«

»Macht nichts, wir verlassen das Gebäude samt der Kohle durch die Fenster, direkt auf Lastwägen. Danach tauchen wir alle für ein paar Wochen bei Verwandten unter.«

»Ausgezeichnet. In der Zwischenzeit kann die Arbeitsmoral der Bevölkerung gestärkt werden.«

»Und die Steuereinziehung optimiert.«

»Unbedingt. Wie nennen wir unsere Aktion?«

»Stärkung der Demokratie.«

»Nicht schlecht. Also, dann bis gleich im Finanzausschuß.«

»Nur nicht einmischen, wenn ein Politikus sich selbst eine Grube gräbt«, lautet der weise Rat unserer Altvorderen. Und damit bin ich schon beim Kern der Sache. Ich spreche nämlich von der segensreichen Erfindung des Fernsehens, das nicht nur die politischen Spielregeln grundlegend verändert, sondern auch neue Spielregeln festlegt.

Die Eigengrube

In vorsintflutlichen Zeiten lebten unsere ehrenwerten Entscheidungsträger noch wie die Maden im Speck. Ihre Kontakte zum Pöbel beschränkten sich auf die allmonatliche Eintreibung des kaiserlichen Zehnts und auf einige überflüssige, auf Pergamentrollen gekritzelte Thronreden, denen ohnehin niemand zuhörte. Doch dann wurden leichtsinnigerweise Demokratie und Rundfunk erfunden. Und seither ist für den Berufspolitiker die Welt nicht mehr, wie sie war. Nehmen wir doch nur ein Beispiel aus jüngster Zeit, etwa die brillante Rede des Koalitionssprechers J. L. Slotzky zum neuen Gesundheitsgesetz, wie sie im 583. Sammelband der Parlamentsreden nachzulesen ist:

»... die Gesundheit des Volkes ist ein nationales Anliegen, und in ihrer Bedeutung ist sie dem Straßenausbau und dem Wirtschaftswachstum gleichzusetzen. Deshalb ist die Initiative, die Luft in unseren Städten zu säubern, wärmstens zu begrüßen.«

Gar nicht schlecht. Ein vollständiger Satz, der sich durch präzise Formulierungskunst, Stringenz und Verantwortungsbewußtsein auszeichnet. Wie aber stellt sich das ganze im Zeitalter des Rundfunks dar? Wir schalten das Radio ein und hören in der Sendung »Heute live aus dem Parlament« den Originalton des Abgeordneten Slotzky vor der Behandlung durch den geplagten Rede-Stylisten des hohen Hauses. Das klingt ungefähr so:

»... ja, wenn Sie mich fragen, es bleibt sich doch gleich,

was mit der Gesundheit ist, welche Gesundheit, was will Schächter eigentlich fragen, Herr Vorsitzender, ich meine, sie ist wichtig, sicher, auch national, die Gesundheit, nicht nur irgendwelche Straßen und Wirtschaft brauchen wir, unterbrechen Sie mich nicht, Schächter, ich werde Ihnen nicht antworten, denn das ist genau so, wie mein hochgeschätzter Kollege gestern oder vorgestern oder wann das war, spielt ja keine Rolle, jedenfalls bereits gesagt hat, das ist wie der Witz mit der Ziege, die zum Rabbi gegangen ist, weil sie keinen Platz im Zimmer hatte, ich bin gleich fertig, Herr Vorsitzender, nein, eigentlich ist nicht die Ziege, sondern ein Jude zum Rabbi gegangen, jemand mit einer Ziege ging also zum Rabbi, das heißt, ich meine, er hatte zwar noch keine Ziege, ich möchte das jetzt nicht näher ausführen, ich bin jedenfalls überzeugt, daß hier etwas für das Gift in der Luft getan werden muß, also ich meine gegen die Luft, Kinder rauchen Zigaretten ... «

Jetzt wurde er gnädig ausgeblendet, und der Rest war nicht mehr zu hören. Aber mir reichte es. Ein kleiner listiger Teufel setzt sich in solchen historischen Momenten auf meine Schulter und flüstert mir ins Ohr:

»Diese Jungs machen deine Gesetze, mein Freund.«

Wenn wir jetzt noch bedenken, daß der Soundtrack von »Heute live aus dem Parlament« im Radio gekürzt und der größte Blödsinn aus der Rede sowieso schon gelöscht war, lediglich die Highlights gesendet wurden ...

Aber was tut der menschliche Genius?

Er gräbt die nächste Grube für den Politikus und erfindet nach dem Rundfunk auch noch das Fernsehen. Jetzt können wir J. L. Slotzky auch noch sehen …

Gott sei uns gnädig.

Jedes vernünftige Neugeborene weiß, daß man einen Gesetzgeber, der in der Lage ist, verständliche Sätze zu formulieren, heutzutage mit der Lupe suchen kann. Erschwert wird dieser Eindruck, seit die Steuermänner der Nation täglich im Fernsehen auftreten müssen. Unzensiert und unbeschönigt wird alles, was sie sagen, und vor allem wie sie es sagen, direkt vor unseren Augen entblättert. Live …

Und wir haben sie auch noch gewählt.

Früher genügte es, in die richtigen Adelsfamilie hineingeboren zu werden oder einige Cousins möglichst unauffällig zu beiseitigen, und schon konnte man die Macht ergreifen. Heute entscheidet die Einschaltquote über das Wohl und Wehe des Politikers. Das ist durchaus gerecht und demokratisch. Denn die Quote macht ganz allein das Volk.

Und der Fernsehintendant.

Wie auch immer, das Fernsehen hat es geschafft. Es bestimmt nicht nur, welche Shampoos wir benutzen, sondern auch auf welcher Seite der Scheitel liegen soll.

Für Staatsmänner mit Glatze oder für Politiker mit abstehenden Ohren ist der Bildschirm der Erzfeind. Die Kamera liebt bildschöne Parteifunktionäre mit Designerbrille und jugendlichen Locken. Leider gibt es so wenige davon. Und nicht einmal die können sich ihrer Zukunft sicher sein. Denn die Zukunft der Politiker liegt heute in den digitalen Händen der Internet-Generation, die ohne Batterien nicht imstande ist, zwei und zwei zusammenzuzählen, aber durchaus in der Lage, die Knöpfe der Fernsehapparate auch in tiefer Nacht mit den Zehen zu drücken.

Die Zukunft der Fledermäuse

Sogar mein Enkel Eran, so klein er auch ist, ist infiziert.

Dabei ist das Kind eigentlich ganz gut entwickelt, es hat einen kräftigen Heuler, und für seine sechs Jahre ist es nach Ansicht seines Vaters im Hochsprung ein As. In Wirklichkeit aber lümmelt der zukünftige Wähler den Großteil seines jungen Lebens im roten Wohnzimmerfauteuil herum und hockt dort im Halbdunkel, den Mund vor Staunen aufgerissen, die Lider halb geschlossen, und auf seinem kleinen süßen Gesicht steht der Ausdruck totaler Verblödung. Eran ist eben ein Kind seiner Generation, und weil er dem Computerspiel noch nicht ganz gewachsen ist, beschränkt sich sein Wortschatz gewöhnlich auf die Frage, wer zuerst schießt, der Sheriff oder Clint Eastwood?

Wenn Eran groß ist, will er Pferdedieb oder Saloongirl werden. Montags Spion. Jedenfalls möchte er gerne irgend jemandem in seiner näheren Umgebung zumindest eine Kugel verpassen. Zwar sieht er auch Power Rangers, Spiderman und die Spätnachrichten, aber am liebsten sind ihm Morde. Bei Gerichtskrimis mit Verhaftungen und nachfolgenden Prozessen sieht er sich deshalb nur den ersten Teil an. Wenn gemordet wird, sitzt er fasziniert davor, wenn verhandelt wird, schaltet er ab.

»Ein müder Krimi«, meint Eran dann.

Wie gesagt, sein Wortschatz ist nicht der größte. Kürzlich habe ich ihn gefragt, wie er den gestrigen Nachtkrimi gefunden hätte.

»Da war so ein Dunkler, der war einer von der Mafia«, erklärte mein süßer Enkel, »und dann hat ihm der Gute gesagt bleib stehen du Bastard und dann hat er ihn aus dem Weg geräumt und dann hat er eine nackte Frau in der Badewanne gesucht, aber dann sind die Bösen gekommen und wollten den Guten tot machen und dann hat sie ihm ein Messer in den Rücken gerammt aber er hat sich schnell geduckt und der Bulle hat alle Halunken mit einem Frotteetuch tot gemacht und dann haben sie die Mikrofilme mit den ganzen Geheimnissen auf der Welt gestohlen und der Papa des nackten Mädchens im Aufzug war von Eff-bi-ei und wollte den Bösen um die Ecke bringen ...«

Nein, es läßt sich nicht mehr verheimlichen, liebe Eltern. Eine Generation von süßen kleinen Kretins wächst vor unseren Augen heran.

Was wird mein Enkel Eran wohl sagen, wenn er dieses Buch liest? Keine Angst, er wird es nicht lesen. Er wird sich damit begnügen, E-Mails zu entziffern. Sein älterer Bruder ist gerade noch einmal davon gekommen, weil er sich schnell ein paar Bücher reingezogen hat, bevor Rambo und das Internet kamen.

Aber Knirpse im Alter von Eran oder darunter werden ihre Jugend im Dunkeln verbringen wie Fledermäuse, den Blick nach vorne gerichtet, in der linken Hand die Fernbedienung, mit der rechten Hand nach Salzstangen tastend oder umgekehrt, wenn sie Linkshänder sind. Daran ist natürlich niemand anderer schuld als wir selbst, die Eltern und Großeltern. Vielleicht hätten wir den Fernsehapparat ja verkaufen oder zumindest kaputtmachen können. Rein theoretisch natürlich, da allein beim Gedanken, der Fernsehapparat könnte eine halbe Stunde ausgeschaltet werden, unsere Enkelkinder samt Babysitter hysterische Anfälle erleiden und dicker, grüngelber Schaum aus ihrem Mund quillt. Und eigentlich wollen ja auch wir, die Erwachsenen, keine saftige Vergewaltigung nach Mitternacht versäumen. Vom Fernsehen ist schließlich noch keiner gestorben. Das Leben wird unseren Enkeln schon die nötige Disziplin beibringen, sind sie doch das Unterpfand einer besseren Gesellschaftsordnung.

Inzwischen aber, bis die Enkel zwölf sind, prägen wir, die Großeltern, noch selbst unsere politische Zukunft. Davon konnte ich mich überzeugen, als mich mein Nachbar vor einiger Zeit zu einem kleinen Plausch einlud. Ich nahm die Einladung gerne an, und wir verbrachten einen gemütlichen Abend auf der Veranda. Robi, der aufgeweckte, kleine Sohn des Ehepaars, hüpfte fröhlich auf meinen Knien auf und ab, und hin und wieder erklang sein helles Lachen, das Lachen eines fröhlichen Kindes, das das Leben noch vor sich hat.

»Na, Robi«, wandte ich mich liebevoll an den kleinen Reiter, »du willst sicher Professor werden, wenn du groß bist?«

»Ich bin doch kein Idiot«, antwortete mir das lebhafte Kleinkind, »da ist doch nichts zu holen.«

»Was willst du denn werden?«

»Parteiobmann. Da kann ich ordentlich abkassieren.«

Die Eltern brachen in schallendes Gelächter aus und sahen mich stolz an, entzückt von der Frucht ihres Leibes.

»Jetzt erzähle doch dem Onkel«, sagte Papi, »wer uns regiert.«

»Ein Haufen von Gaunern mit einem Nummernkonto in der Schweiz.«

Meine Knie begannen ein wenig zu zittern, und Robi rutschte herunter.

»Das Kind ist zwar prächtig entwickelt«, stotterte ich, »aber ... vielleicht doch ... das Vaterland ...«

»Das soll ein Vaterland sein«, krähte Robi fröhlich, »ein

Schmarrn ist das! Ich und mein Papi, wir gehen nach Amerika und machen Kohle im Internet.«

Hierauf ergoß sich das Kind in bilderreichen Flüchen, während ihm sein Vater zufrieden über das Haar streichelte.

»Ich habe das Kind praxisnah erzogen«, erklärte er, »damit er für den Lebenskampf gewappnet ist. Bevor er in der Schule versaut wird …«

Ein pädagogischer Sieg

Der Ministerpräsident hat auf vielseitigen Wunsch und nach langem Zögern die Einladung angenommen, als Ehrengast vor 150 Schülern der dritten Klasse aufzutreten.

Die Veranstaltung fand in der neugebauten Turnhalle statt, die für den festlichen Anlaß mit der Nationalflagge und Porträts des Landesvaters geschmückt war. Es war vermutlich das erste Mal, daß ein demokratisch gewählter Führer der Elite der neuen Generation begegnete, um aktuelle politische Fragen, wie sie heutzutage junge Leute in aller Welt beschäftigen, von Angesicht zu Angesicht zu beantworten.

Am Schultor wurde der Ministerpräsident von der Lehrerin Stefanie herzlich empfangen, während die Schüler in ohrenbetäubende Buhrufe und schrilles Pfeifen ausbrachen.

»Was will der denn hier«, brüllten die Kinder, in der

Halle auf Bänken zusammengepfercht. »Wir wollen einen Zauberer!«

»Pizza!«

Lehrerin Stefanie beruhigte die kleinen Draufgänger mit kalten Getränken und Lollys. Stürmischer Jubel erklang. Stefanie dankte dem Ehrengast, der es sich trotz dringender Staatsgeschäfte nicht hatte nehmen lassen, persönlich zu erscheinen, um der künftigen Generation ihre Fragen zu beantworten. Der Ministerpräsident sprach seinen herzlichen Dank aus und freute sich, die »Wähler von morgen« aus nächster Nähe kennenzulernen.

Heftiges Buhgeschrei antwortete ihm.

»Wieso morgen«, riefen die Schüler. »Wann kommt der Zauberer?«

Der Ministerpräsident lächelte väterlich über den jugendlichen Überschwang und nahm Platz, um sofort wieder aufzuspringen, weil er sich auf einen Reißnagel gesetzt hatte. Stürmischer Beifall erklang. Der Ministerpräsident bedankte sich freundlich lächelnd:

»Schön, Kinder. Ein gelungener Scherz.«

Schrilles Pfeifen antwortete ihm. Ein Knirps warf eine Milchflasche nach ihm. Sie verfehlte jedoch ihr Ziel und zerschellte unbemerkt an der Wand.

Nun sollte der Primus der Klasse die erste Frage stellen. Er erhob sich verlegen.

»Herr Ministerpräsident«, fragte der Kleine, »warum ist in unserem Lande alles so beschissen?«

Die hochaktuelle Frage löste neuerlichen Jubel unter

den Kindern aus. Der Ministerpräsident blieb die Antwort nicht schuldig.

»Die gesellschaftspolitische Lage ist ernst«, sagte er, »Regierung wie Bevölkerung tragen eine große historische Verantwortung. Ich bin jedoch davon überzeugt, daß wir gemeinsam alle Probleme lösen können und einer besseren Zukunft entgegengehen.«

Heftiges Buh. Der beste Sportler der Schule schwang sich auf einen Schwebebalken und gab von dort die jüngsten Witze über den hohen Gast zum Besten.

»He«, brüllte er in Richtung Bühne, »warum wandern Sie eigentlich nicht aus?«

Die Kinder applaudierten. Der Ministerpräsident griff zum Mikrophon.

»Mein Platz ist in unserem Land«, betonte er. »Ich bleibe hier, es sei denn, die demokratische Mehrheit entscheidet anders.«

Gelangweiltes Buh. In der Turnhalle flogen die ersten Papierflieger umher. Einige Schüler spielten Versteck, andere Bockspringen, Handys schrillten total cool.

»Herr Ministerpräsident«, ein reizendes kleines Mädchen hatte sich zum Mikrophon gedrängt, »mein Papa sagt, daß alle Politiker klauen. Stimmt das?«

»Nichts als haltlose Vorwürfe, mein Kind«, entgegnete der Ministerpräsident mit nachsichtigem Lächeln. »Der Schatzmeister überwacht alle Einnahmen und Ausgaben ganz genau. Sollten hier und da Unregelmäßigkeiten auftreten, werden die Verantwortlichen unverzüglich zur Rechenschaft gezogen und hart bestraft.«

Vereinzelte Buhs. Auf der Bühne hatten es sich inzwischen einige bequem gemacht und skandierten:

»Kaugummi, Kaugummi!«

Ein kleiner Schüler kreischte auf der Sprossenwand:

»Hör mal, Chef, warum gehst du uns eigentlich so ätzend auf den Geist?«

»Es war keineswegs meine Absicht, irgend jemandem auf den Geist zu gehen«, antwortete der Ministerpräsident. »Ich bin gekommen, um euch Kraft meines Amtes aktuelle politische Fragen zu beantworten.«

»Pizza!«

Der Rest ging in lautem Geheul unter. Auf den hinteren Bänken stimmte man den letzten Hit der Popgruppe »Furz« an, Pommes frites flogen in Richtung des Ministerpräsidenten. Das Licht wurde ausgeschaltet und Turnmatten in Brand gesteckt. Der Raum füllte sich mit Rauch, Lehrerin Stefanie gelang es jedoch, den keuchenden Ministerpräsidenten durch das Fenster ins Freie zu zerren.

»Ein voller Erfolg«, hustete der Ministerpräsident auf dem Fensterbrett. »Das müssen wir bald wiederholen.«

In dem ohrenbetäubenden Krach konnte ihn die Lehrerin zwar nicht verstehen, aber zum Glück hielt die Regenrinne dem Gewicht des Ministerpräsidenten stand, und er erreichte heil den Boden.

Ein voller politischer Erfolg war nicht errungen worden.

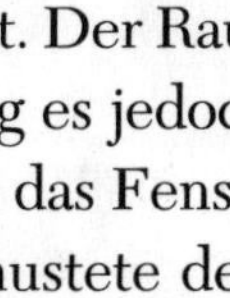

Hauptsache, das Staatsoberhaupt hatte seine persönliche Begegnung mit den präpotenten Fratzen hinter sich. Bisher war er seinen künftigen Wählern schließlich nur auf dem Bildschirm begegnet, in kleine ausgewählte Takes zusammengeschnitten. Wer hat schon Zeit und Lust für läppische Live-Auftritte?

Niemand. Kein einziges Regierungsmitglied hat dafür Zeit und Lust. Für die Parteiarbeit vor Ort gibt es begeisterte freiwillige Wahlhelfer, und für Staatsangelegenheiten von großer Wichtigkeit einige Dienstflüge rund um die Welt. Darum sind Minister nur selten heimisch zu Hause.

Nicht ohne mein Auto

Die Limousine des Ministers blieb unterwegs plötzlich stehen. Gabi, der Fahrer, stellte den Motor ab und wandte sich um:

»Tut mir leid, Chef, aber Sie haben's ja selbst gehört.«

Das bezog sich auf die Neun-Uhr-Nachrichten, die den Streik angekündigt hatten. Die Kraftfahrergewerkschaft forderte den gleichen Lohn wie die Chemie-Ingenieure oder etwas ganz anderes, jedenfalls streikten sie.

Gabi verließ den Wagen und begab sich ins Gewerkschaftshaus, um Instruktionen einzuholen.

Da saß der Minister also, mitten auf der Straße. Er konnte nicht Auto fahren. Erfindungen, die auf einen Knopfdruck laute Geräusche erzeugen, flößten ihm

Angst ein. Soweit seine Erinnerung zurückreichte, hatte er nur ein einziges Mal ein Kinderauto gesteuert. Das war vor vierzig Jahren gewesen, in einem Vergnügungspark. Später war er dann der führenden Partei beigetreten, hatte Karriere gemacht und jederzeit einen Fahrer gehabt.

Jetzt werde ich wohl einen Helikopter bestellen müssen, dachte der Minister. Man erwartete ihn zu einer dringenden Kabinettssitzung. Auf dem Programm stand die Krise der Zementindustrie. Um 11 Uhr.

Der Minister beobachtete die Passanten, die an seinem Wagen vorbeihasteten. Ein merkwürdiges, fast abenteuerliches Gefühl überkam ihn: Er war auf der Straße. Mit Verblüffung stellte er fest, wie viele fremde Menschen es im Lande gab. Er kannte nur die immer gleichen Gesichter, die er täglich in seinem Ministerium sah. Fremde bekam er höchstens in anonymen Massen zu Gesicht, am Unabhängigkeitstag oder im Fußballstadion bei … wie hieß das Ding gleich? Pokal oder so ähnlich …

Der Minister stieg aus und ging die Straße entlang. Allmählich wuchs sein Vertrauen in diese Art der Fortbewegung. Er dachte nach, wann er zuletzt etwas ähnliches getan hatte. 1971, richtig. Damals hatte ein Fernlaster seinen Wagen gerammt, und er war zu Fuß nach Hause gegangen, quer durch die Stadt, zu Fuß.

Die Blicke des Ministers richteten sich abwärts, dorthin, wo unterhalb der Bauchwölbung seine Füße sichtbar wurden, seine eigenen Füße, die sich rhythmisch bewegten, tapp-tapp, tapp-tapp, linker Fuß, rechter Fuß, jawohl, er wußte seine Füße noch zu gebrauchen. Er wußte noch, wie man auf der Straße geht. Ein gutes Gefühl. Nur die Schuhe sahen ein wenig fremd aus. Wo kamen sie her? Er hat sich doch noch niemals Schuhe gekauft, oder?

Genaueres Nachdenken ergibt, daß er selbst überhaupt keine Einkäufe tätigt. Woher kommen diese Schuhe?

Er bleibt vor einem Schaufenster stehen und starrt hinein. Seltsam. Ein völlig neues Phänomen. Schuhe, viele Schuhe, Herren-, Damen- und Kinderschuhe, paarweise arrangiert, auf Sockeln, auf langsam rotierenden Drehscheiben oder nur so.

In einer plötzlichen Anwandlung betritt der Minister den Laden, einen hohen, langgestreckten Raum mit Reihen bequemer Fauteuils und mit Regalen an den Wänden, und in den Regalen Schuhe, nichts als Schuhe.

Der Minister schüttelt die Hand eines ihm entgegenkommenden Mannes.

»Zufrieden mit dem Exportgeschäft?«

»Wie bitte?« lautet die Antwort. »Ich suche Sämischlederschuhe mit Gummisohlen.«

Der Minister sieht sich um. Wie geht's hier eigentlich zu? Nehmen sich die Leute einfach Schuhe oder warten sie, bis der Kellner kommt?

Eine Gestalt in weißem Kittel, vielleicht ein Arzt, fragt den Minister, was man für ihn tun könne.

»Schicken Sie mir ein paar Muster«, sagt der Minister leutselig und verläßt den Laden.

Draußen auf der Straße fällt ihm ein, daß er sich nicht zu erkennen gegeben hat. Und daß er nicht von selbst erkannt wurde. Ich muß öfter im Fernsehen auftreten, denkt der Minister.

Es wird spät. Vielleicht sollte er in seinem Büro anrufen, damit man ihm irgendein Transportmittel schickt. Anrufen. Aber wie ruft man an? Und wenn ja, wo? Er sieht weit und breit kein Telefon. Und sähe er eines, wüßte er's nicht zu handhaben. Das macht ja immer seine Sekretärin, die gerade heute früher gegangen ist, in irgendeiner Familienangelegenheit. Außerdem wäre sie ja sonst in seinem Büro und nicht hier, wo es kein Telefon gibt.

Da, ein Glasverschlag, ein silberner Kasten darin, kein Zweifel, ein Telefon. Der Minister öffnet die Zellentür und hebt den Hörer ab.

»Eine Leitung, bitte.«

Nichts geschieht. Der Apparat scheint gestört zu sein.

Von draußen macht ihm ein kleiner Junge Zeichen, daß man zuerst etwas in den Kasten werfen muß.

Natürlich, jetzt erinnert er sich. Er ist ja Vorsitzender des Parlamentsausschusses für das Münz- und Markenwesen. Er kennt sich aus. Der Minister betritt den nächsten Laden und bittet um eine Telefonkarte.

»Das hier ist eine Wäscherei«, wird ihm mitgeteilt. »Telefonkarten bekommen Sie auf dem Postamt.«

Eine verwirrende Welt fürwahr. Der Minister hält nach einem Postamt Ausschau und erkennt auf der jenseitigen Straßenseite einen roten Kasten an einer Häusermauer. Er weiß sofort, was das ist. In solche Kästen tun die Menschen Briefe hinein, die sie vorher zu Hause geschrieben haben.

»Entschuldigen Sie«, wendet er sich an eine Dame, die neben ihm an der Straßenkreuzung wartet, »bei welcher Farbe darf man hinübergehen, bei Grün oder Rot?«

Er ist ziemlich sicher, daß sein Wagen immer bei Gelb losfährt. Aber gilt das auch für Fußgänger?

Der Menschenstrom, der sich jetzt in Bewegung setzt, schwemmt ihn auf die gegenüberliegende Straßenseite. Dort, gleich neben dem roten Kasten, entdeckt er ein Postamt, tritt ein und wendet sich an den nächsten Schalterbeamten:

»Bitte schicken Sie ein Telegramm an mein Büro, daß man mich sofort hier abholen soll.«

»Mit einem Flugzeug oder mit einem Unterseeboot?« fragt der Schalterbeamte und schließt zur Sicherheit das Sichtfenster.

Der Mann scheint verrückt zu sein, denkt der Minister und geht achselzuckend weg.

In der Nähe des Postamts befindet sich ein Zeitungsstand. Wie sich zeigt, hat der Minister große Schwierigkeiten, unmarkierte Zeitungen zu entziffern. In den Zeitungen auf seinem Schreibtisch sind die Artikel, die er lesen soll, immer eingerahmt.

»Ein Glas Orangensaft?« fragt eine Stimme aus dem Erfrischungskiosk, vor dem er stehengeblieben ist.

Der Minister nickt. Er ist durstig geworden und leert das Glas bis auf den letzten Tropfen. Welch wunderbares

Erlebnis, allein auf der Straße ein Glas Orangensaft zu trinken und erfrischt weiterzugehen.

Der Kioskbesitzer kommt ihm nachgerannt.

»45 Groschen, wenn ich bitten darf …«

Der Minister starrt ihn an. Es dauert sekundenlang, bis er begreift, was gemeint ist. Dann greift er in seine Tasche. Sie ist leer. Natürlich. Solche Sachen werden ja immer von seiner Sekretärin erledigt. Warum mußte sie gerade heute früher gehen?

»Schicken Sie mir die Rechnung, bitte«, sagt er dem gierigen Geldeintreiber und entflieht.

Als er haltmacht, steht er vor einem in Bau befindlichen Haus. Die Menschen, die rundum beschäftigt sind, beeindrucken ihn tief. Nur der Lärm stört ihn ein wenig. Und was ist das für eine graue Masse, die sie dort in dem Bottich zusammenmischen?

»Einen schönen guten Tag wünsche ich.«

Ein alter Mann, wahrscheinlich ein Sammler für irgendwelche Anleihen, hält ihm die Hand hin. Auch ihn verweist er an sein Büro.

Immer neue Überraschungen: dort, in einer Reihe von Glaskästen, hängen Bilder halbnackter Mädchen. Der Minister blickt auf, jawohl, er hat's erraten, ein Kino. So sieht das also aus. Er empfindet heftige Lust, hineinzugehen und endlich einmal einen Film zu sehen. Sonst kommt er ja nie dazu.

Der Minister klopft an das zugesperrte Eisengitter. Er muß mehrmals klopfen, ehe eine verhutzelte Frauensperson den Kopf herausstreckt.

»Was ist los?«

»Ich möchte einen Film sehen.«

»Jetzt? Die erste Vorstellung beginnt um vier Uhr nachmittags.«

»Nachmittags habe ich zu tun.«

»Dann sprechen Sie mit Herrn Weiss.«

An der nächsten Straßenecke steht ein ungewöhnlich großer, länglicher, blaulackierter Wagen, der eine Menge wartender Leute in sich aufnimmt. Ein Bus, schießt es dem Minister durch den Kopf. Erst vorige Woche haben wir ihnen das Budget erhöht. Um 11,5 Prozent. Da kann ich ja einsteigen.

»Hajarkonstraße«, sagt er dem Fahrer. »Nummer 71.«

»Welcher Stock?«

»Wie bitte?«

»Machen Sie, daß Sie vom Trittbrett herunterkommen.« Der Fahrer betätigt die automatische Tür und saust los.

Eine merkwürdige Welt mit merkwürdigen Spielregeln. Der Minister versucht sich zu orientieren, kann jedoch ohne irgendwelche Wahrzeichen – Hilton-Hotel oder griechisches Restaurant – nicht feststellen, wo er sich befindet.

Menschen eilen an ihm vorbei, als wäre nichts geschehen. Dies also ist die Nation, das Volk, die Masse der Wähler. Den jüngsten Meinungsumfragen zufolge wird im Oktober jeder dritte dieser fremden Menschen für ihn stimmen. Der Minister liebt sie alle. Er ist seit seiner frühesten Jugend überzeugter Sozialist.

Endlich, auf verschlungenen Wegen, hat er zu seiner Limousine zurückgefunden. Gerade rechtzeitig, um den Fahrer Gabi herankommen zu sehen.

»Zwei Sonderzahlungen jährlich und erhöhtes Urlaubsgeld«, berichtet Gabi.

Der Streik ist beendet. Sie steigen ein. Gabi läßt den Motor anspringen, und der Minister kehrt von seinem Abenteuer auf einem fremden Planeten in seinen Alltag zurück.

Für die einfachen Bürger ist es ein herrliches Gefühl zu glauben, daß irgendwo in den höheren Gefilden der Regierung ein Verantwortungsträger sitzt, der sich voll und ganz für ihre Sache einsetzt, auch wenn er selbst, leider, für keine Sache auf der Welt eingesetzt werden kann. Und wenn es auch den Verantwortungsträger und seinen vollen Einsatz gibt, die gute Sache gibt es nicht. Das ist wie mit der Erfindung eines wunderbaren Medikaments, für das noch keine Krankheit existiert.

Ganz konkret spreche ich vom Minister ohne Portefeuille. Bei jedem Regierungswechsel hofft man, ihn endlich loszuwerden, aber es wird nichts daraus. In einer ordentlichen Demokratie muß es eben immer einige Portefeuillelose geben, sonst zürnen die Götter der Koalition.

Aber auch der Minister selbst ist nicht ganz glücklich.

Man kann das gut verstehen. Es ist ja für einen aktiven Politiker wirklich nicht besonders lustig, hinter einem leeren Schreibtisch zu sitzen, mit einem roten und zwei weißen Telefonapparaten, die nie klingeln, neben dem neuesten Computer, den man nicht bedienen kann, mit gefüllter Hausbar und topgestylten Sekretärinnen, die nichts anderes zu tun haben, als mit glasigen Augen Löcher in die Luft zu bohren.

Ein Portefeuille ohne Minister

Der Ministerpräsident und sein Vize sind schwer beschäftigt. Vor allem damit, sich ihren Kopf über die Beschäftigung des Portefeuillelosen zu zerbrechen.

»Ich hab's«, ruft der Ministerpräsident aus. »Sie sind ab sofort Koordinationsminister.«

»Und was«, fragt der Minister ohne Portefeuille, »soll ich bitte koordinieren?«

»Das müssen Sie schon selbst wissen. Oder wollen Sie etwa behaupten, daß es in unserem Staat nichts mehr zu koordinieren gibt?«

Die Sitzung dauert an. Das Nachdenken auch.

»Ich hab's«, wiederholt sich der Ministerpräsident, »Förderungsminister.«

»Gibt's schon, als Ausschuß für die Weltraumforschung.«

»Dann Gerechtigkeitsminister.«

»Gerechtigkeit gibt es nicht.«

»Glockenspielminister.«

»Den haben wir auch schon. Hat gestern zwanzig Dutzend Glocken angefordert.«

»Streikminister.«

»Zu viel Arbeit.«

»Zoologieminister? Vier-Jahreszeiten-Minister? Waldbepflanzungsminister?«

»Jetzt haben wir es«, freut sich der Portefeuillelose. »Ich werde alle drei Posten auf einmal übernehmen.«

Von nun an kümmert sich also der Portefeuillelose um alle drei Ressorts. Die Presse berichtet groß. Das Büro wird ausgebaut. Sein Trakt bekommt einen neuen Flügel, seine gelangweilten Sekretärinnen werden zu Abteilungsleiterinnen befördert.

Um die neuen Ausgaben zu decken, wurde gestern die Luxussteuer auf Portefeuilles um 112,5 Prozent erhöht. Ein echtes Portefeuille mittlerer Größe aus feinstem Kalbsleder kostet seither 150 Dollar. Ein Portefeuille ohne Minister.

Man darf allerdings nicht vergessen, daß auch ein dreifacher Minister rausfliegen kann. Nach dem Flop bei den Wahlen schließt er sich der Opposition an und wärmt seinen Sitz vier Jahre lang in der vorletzten Reihe des Parlaments. Natürlich ist er bitterböse auf das launische

Schicksal, das statt seiner aufgeklärten, fortschrittlichen Partei diese Bande von Vollidioten an die Macht ließ. Ihm bleibt lediglich die Hoffnung, daß nach vier Jahren, oder mit Gottes Hilfe etwas früher, die neue Opposition ihn für einen Vollidioten hält …

Von der Opposition in die Regierung

Eine Allegorie mit zwei Eseln

Vor einigen Wochen oder Jahren eilte ich die belebte Hauptstraße hinunter, denn ich hatte einen äußerst wichtigen Termin, und plötzlich, ganz plötzlich stellte ich mit Entsetzen fest, welche Ausmaße der Verkehr angenommen hat. Ich mußte meinen ganzen Mut zusammennehmen, um mich über eine Kreuzung zu wagen, denn unsere übergeschnappten Autofahrer halten Fußgänger offenbar für Freiwild. Arrogant lümmeln sie hinter dem Steuer, während sie grundlos auf die Hupe drücken, nur, um sich am Schrecken der Fußgänger zu weiden. O Gott, fast hätte mich dieser schwarze Wagen überfahren. Ein Sprung rückwärts. Ein Sprung vorwärts. Wie ein besoffenes Huhn. Stop. Mit ohrenbetäubendem Kreischen hält dieser Depp. Wo brennt's denn? Wieso hat der's denn so eilig? Ich verstehe kein Wort von dem, was der Idiot mir zubrüllt. »Esel«, schreie ich sicherheitshalber zurück. »Einen Fahrer wie dich sollte man notschlachten!« Was, er hält an, er steigt aus? Ach, das ist doch mein guter Freund Jossele, Schalom Jossi, wie nett. Er will mich mitnehmen. Wirklich lieb von ihm. Ich setze mich neben Jossi, na los, gib Gas, mein Junge. Ich bin schon spät dran. Kannst du nicht ein bißchen schneller fahren?

Natürlich kann er nicht. Wenn Jossi nur ein klein wenig aufs Gas drückt, springt ihm an der Kreuzung gleich irgendein übergeschnappter Fußgänger vor die Räder, vorwärts, rückwärts, wie ein besoffenes Huhn. Habt ihr denn keine Augen im Kopf? Was habt ihr's denn so eilig? Wo brennt's denn? O Gott, fast hätte sich dieser Kerl überfahren lassen! Wie ein Schlafwandler rennt der herum. Da hilft nur noch lautes Hupen. Hup noch lauter, Jossi. Stop! Im letzten Moment konnten wir mit quietschenden Bremsen anhalten. Jetzt fällt der Depp doch glatt auf die Schnauze. Wie witzig. Und wagt es auch noch, den Mund aufzumachen. »Idiot!« schreit er. Man sollte doch wirklich alle Fußgänger notschlachten. Ich verstehe kein Wort von dem, was der brüllt, aber ich schreie »Esel!« zurück, sicherheitshalber ...

Nach der Vereidigung jeder neuen Regierung verkündet der Ministerpräsident bekanntlich zwei neue revolutionäre Maßnahmen, die von allen Parlamentsmitgliedern befolgt werden müssen. Erstens, es wird nicht mehr geraucht und zweitens strengste Geheimhaltung verordnet.

Die Schotten dicht

Das Rauchverbot wird hin und wieder befolgt, was jedoch die Schweigepflicht betrifft, so hapert's ein wenig damit. Zumindest hat man diesen Eindruck, wenn man in der Wochenendbeilage mit wechselndem Interesse detailgenaue Beschreibungen höchst geheimer Regierungsdebatten liest. Angefangen von der heftigen Kontroverse zwischen dem Außenminister und seinem diensthabenden Widersacher, bis hin zum Türenknallen und der friedlichen Rückkehr des stellvertretenden Finanzministers erfährt man alles haarklein, ob man will oder nicht.

Politiker sind vogelfrei. Fernsehteams lauern allerorten, vor lauter Mikrophonen sieht man die Journalisten nicht mehr, die Scheinwerfer verstellen jede Sicht. Und kaum ist die Geheimkonferenz beendet und die Regierung hinausgeströmt, ist die Medienmeute losgelassen und verfolgt ihre Beute auf die Straße bis in den Dienstwagen oder zum nächsten Restaurant, um sich einen möglichst exklusiven Hinweis auf den Verlauf der Beratungen zu sichern.

»Was gibt es, Herr Ministerpräsident«, keuchen die Verfolger auf der Treppe, »was war los?«

»Was soll denn los sein?« lautet die Antwort aus dem Dienstwagen, und der Regierungssprecher beschwichtigt: »Nicht jetzt, Freunde, nicht jetzt.«

»Die Regierung ist hoch motiviert. Das ist alles, was ich im Moment dazu sagen kann«, dröhnt der Innenminister, während der neue Erziehungsminister murmelt: »Rutschen Sie mir doch den Buckel herunter.«

Der Minister ohne Portefeuille eilt zur Kantine: »Wir haben fast alle Themen erörtert, die auf der Tagesordnung standen. Mahlzeit«, und der Vizekanzler verrät nur soviel: »Fragen Sie doch bitte den Finanzminister.«

Das ließe sich beliebig so fortzusetzen, denn die Münder sind versiegelt, die Auskunft gleich Null. Eine absolute Pleite für die Medien. Ein totales Fiasko. Drei Stunden später erscheint der Nachrichtensprecher auf dem Bildschirm und ist bemüht, die Zuschauer gedankenschwer wissen zu lassen:

»Bei den heutigen streng geheimen Gesprächen über das nukleare Wettrüsten, das unser Land bedroht, kam es zu einer scharfen Auseinandersetzung zwischen dem Minister für Handel und Industrie und dem Landwirtschaftsminister bezüglich der geplanten Washingtonreise der Regierung. Im Verlauf der heftigen Debatte richtete der Landwirtschaftsminister an den Industrie- und Handelsminister die Frage: ›Wer hat Sie denn überhaupt gefragt?‹, worauf der Minister für Industrie und Handel antwortete: ›Mit Ihnen spreche ich kein Wort‹. Der Zwischenruf des Verteidigungsministers erhellte die Angelegenheit: ›Hüten Sie sich vor mir, Sie Schurke‹, aber der Außenminister konterte sofort: ›Hüten Sie sich doch selbst.‹ Der Debatte gab schließlich der Ministerpräsident eine entscheidende Wendung. Während er seine neue Brille mit einem karierten Taschentuch polierte, warf er besonnen ein: ›Beruhigen Sie sich doch bitte, meine Herren, wir sind schließlich nicht im Kindergarten‹, aber der Landwirtschaftsminister, der mehr denn je zur Opposition neigt, fuhr ihn an: ›Stören Sie gefälligst nicht, ja?‹ Nach Auskunft unseres Beobachters hatte der Verkehrsminister das letzte Wort: ›Was Sie nicht sagen.‹«

Es sickert also doch etwas von den Interna durch. Tropfenweise, peu à peu, aber unvermeidlich. Keine Frage, gesickert hat es immer schon, und es wird auch immer sickern, aber früher hat es langsamer gesickert. Da hat es immer ein, zwei Stunden gedauert bis zum ersten Sickern …

Die Spontaneität ist neu. Das Instant-Sickern. Das ist ziemlich unverständlich, denn es ist Regierungsmitgliedern nach wie vor verboten, während der geheimen Beratungen aufs Klo zu gehen. Bei einer Nachtsitzung, als es wieder einmal um den Rücktritt der Regierung ging, entwickelte sich eine stürmische Debatte. »Einfaltspinsel«, warf der Kultusminister dem Postminister an den Kopf, »halt's Maul!« Da schaltete der gelangweilte Erziehungsminister unter dem Tisch seinen Walkman ein, um das Mittagsmagazin zu hören: »… und der angegriffene Postminister parierte mit den Worten ›Halt selbst dein Maul‹«, klang es da aus dem Apparat. Der Kommentator sprach also gleichzeitig mit dem attackierten Postminister, vielleicht sogar noch eine Idee früher. Inzwischen wurde die Fortsetzung der hitzigen Debatte gesendet (»Ich hau dir die Birne ein / Selbst Birne«), so als handle es sich nicht um eine Reportage, sondern um eine Live-Übertragung.

Das ist natürlich ganz und gar unmöglich. In Wirklichkeit bestehen keinerlei Kontakte zwischen den Medien und der Regierung. Wenn unser politischer Korrespondent über Regierungsdebatten berichtet, stützt er sich nicht etwa auf geheime Informationen oder auf gut verborgene Wanzen, sondern einzig und allein auf seine innenpolitische Erfahrung, sein Erinnerungsvermögen und seine psychologische Intuition. Er muß lediglich den Anfang des Knäuels erwischen, eine erste Äußerung eines der Minister. Auf den weiteren präzisen Wortlaut schließt er dann nach der Methode »These-Antithese«:

»Du hast ja einen Knall!« (These).

»Du hast selbst einen Knall!« (Antithese).

Oder die beliebte Variation:

»Sie werden noch von mir hören.«

»Sie werden selbst noch von sich hören.«

Es ist also ganz egal, ob etwas durchgesickert ist oder nicht. In jedem Fall ist es gute Unterhaltung.

Wenn man sie wörtlich nimmt, dann ist die Demokratie eine Staatsform durch das Volk und für das Volk, mit Ausnahme der Volksdemokratien, die prinzipiell gegen das Volk sind. In unserer westlichen Welt ist die Demokratie jedoch, wenn ich mich elegant ausdrücken darf, das am wenigsten schlechte politische System, oder das schlechteste beste. Auf alle Fälle ist sie zum Glück weder rot noch braun, wenn auch nicht schneeweiß. Eher durchsichtig. Und das meine ich als Kompliment.

In der langen Geschichte der Menschheit täuscht jeder gerissene Machthaber das Volk und sich selbst, und nur in der kopflosen Demokratie steht es jedem frei, zu sagen oder herauszuschreien, sogar zu schreiben, daß selig wird, wer den Quatsch der Herrschaften glaubt. Und dieser kleine Unterschied ist es, der unser System so kostbar macht.

Wer es nicht glauben kann oder will, soll gefälligst mein Interview mit einem mächtigen Staatsoberhaupt lesen, der wahrlich kein Demokrat ist, und es auch gar nicht sein möchte.

Ein politischer Hellseher

»Herr Präsident, gestatten Sie mir, Sie zu Ihrem Amtsantritt zu beglückwünschen. Meine Leser wären glücklich, etwas über Ihre künftigen Pläne zu erfahren.«

»Ich habe meine Pläne noch nicht im Detail ausgearbeitet, werde aber während der kommenden Monate hauptsächlich mit der Stärkung unserer nationalen Einheit beschäftigt sein. Schon in den nächsten Tagen erlasse ich eine Amnestie für Kommunisten und Oppositionsmitglieder. Damit hoffe ich, alle Hindernisse aus dem Weg zu räumen, die der Verwirklichung unserer Ziele noch entgegenstehen.«

»Und auf wirtschaftlichem Gebiet, Herr Präsident?«

»Eine bessere Auswertung unserer Ölquellen ist ebenso dringend erforderlich wie eine Revision unserer Verträge mit den ausländischen Bankgesellschaften. Die nötigen Reformen hoffe ich bis Mitte Juni verwirklicht zu haben.«

»Warum gerade bis Mitte Juni, wenn ich fragen darf?«

»Weil ich Mitte Juni das erste Komplott gegen mein Regime aufdecken werde.«

»Offiziere des Generalstabs?«

»Ausnahmsweise nicht. An der Spitze der Verschwörung steht der Garnisonskommandant des Militärdistrikts Nord, einer meiner zuverlässigsten Kampfgefährten, den ich nächste Woche sogar zum Brigadegeneral ernennen werde.«

»Wird die Verschwörung Erfolg haben?«

»Nein. Der Bruder des Garnisonskommandanten läßt meiner Geheimpolizei eine Geheiminformation zugehen. Anschließend kommt es zu einer rücksichtslosen Säuberung des Offizierskorps und zu Massenverhaftungen unter Kommunisten und Mitgliedern der Opposition. Der Führer der Rebellen wird von mir eigenhändig aufgehängt. Aber das ist vertraulich. Bitte erwähnen Sie in Ihrem Bericht nichts davon.«

»Ganz wie Sie wünschen, Herr Präsident. Wann werden die Säuberungen abgeschlossen sein?«

»Ungefähr Mitte August. Am 20. August fliege ich zum Präsidenten der Vereinigten Staaten. Ich bin sicher, daß wir dabei mit den denkbar günstigsten Umständen rechnen könnten. Unglücklicherweise wird gerade auf dem Höhepunkt der Verhandlungen ein Attentat auf mich verübt.«

»Um Gottes willen!«

»Beruhigen Sie sich. Nur der Verteidigungsminister und der Befehlshaber der 6. Infanteriedivision fallen dem Attentat zum Opfer. Ich selbst begnüge mich mit einem Streifschuß an der linken Schulter und richte noch vom Spitalsbett aus eine Rundfunkrede an die Nation. Diese Rede, an der ich bereits arbeite, wird von mir in wenigen Tagen auf Band gesprochen, so daß sie unter allen Umständen rechtzeitig verfügbar ist.«

»Darf ich etwas über den Inhalt der Rede erfahren, Herr Präsident?«

»Zunächst danke ich der Vorsehung für die Rettung meines Lebens und unseres Landes. Sodann kündige ich eine umfassende Säuberung unter den Mitgliedern des Offizierskorps an, die meine Besprechungen in den USA dazu benutzt haben, das Attentat zu organisieren.«

»Wissen Sie schon, wer Sie bei dieser Säuberungsaktion unterstützen wird?«

»Der Kommandant der Panzertruppen. Ich ernenne ihn dafür Mitte September zu meinem Stellvertreter, was ich Ende November tief bedauern werde. Aber dann ist es schon zu spät.«

»Und bis dahin, Herr Präsident?«

»Bis dahin erfolgt die Nationalisierung der Banken und eine unvorhergesehene Säuberung unter den Anhängern der Linken. Der anschließende Prozeß wird durch den

Rundfunk übertragen, die anschließenden Hinrichtungen durch das Fernsehen. Es werden insgesamt neun Kommunistenführer gehängt.«

»Wieder von Ihrer eigenen Hand?«

»Diesmal nicht. Ich halte mich zur betreffenden Zeit in Nordvietnam auf, um über eine neue Waffenlieferung zu verhandeln. Der stellvertretende Generalstabschef wird mich begleiten.«

»Nicht der Generalstabschef, Herr Präsident?«

»Er ist unabkömmlich. Er muß ein Attentat auf mich vorbereiten, das in der ersten Oktoberwoche stattfinden wird.«

»Maschinengewehr?«

»Bomben. Der Kommandant unserer Luftwaffe bombardiert am Morgen des 6. Oktober meine Privatresidenz.«

»Wird Ihre Leiche unter den Trümmern gefunden, Herr Präsident?«

»Nein. Meinen Plänen zufolge werde ich wie durch ein Wunder gerettet, denn ich befinde mich zufällig im Keller, während die Bomben in mein Arbeitszimmer fallen. Von dem Sessel, auf dem Sie sitzen, bleiben nur Holzsplitter übrig.«

»Das wäre also am 6. Oktober, wenn ich recht verstehe?«

»Mit einer Verzögerung von ein bis zwei Tagen muß man natürlich immer rechnen. Aber an meinem Terminkalender wird sich nichts Wesentliches ändern. Lassen Sie mich nachsehen. Ja, für Mitte Oktober steht eine neue umfangreiche Säuberung auf dem Programm und der Justizminister wird hingerichtet.«

»Eine Verschwörung?«

»Ein Irrtum. Anschließend allgemeines Ausgehverbot und Belagerungszustand. Der Gouverneur des Regierungsbezirks Südwest wird verhaftet. Am 1. November trifft eine Goodwill-Mission der Vereinten Nationen ein und überbringt eine größere Anzahlung auf die soeben bewilligte Entwicklungshilfe. Eine Verschwörung des neuen Verteidigungsministers scheitert.«

»Und für wann, Herr Präsident, ist Ihr eigentlicher Sturz vorgesehen?«

»Er sollte planmäßig zwischen dem 8. und 11. November erfolgen. Die führende Rolle spielt der Kommandant der Panzertruppen, den ich im September so voreilig zu meinem Stellvertreter gemacht hatte.«

»Ich verstehe. Darf ich fragen, wie das Ganze vor sich gehen wird?«

»Motorisierte Truppen besetzen unter Vorspiegelung von Routine-Manövern das Rundfunkgebäude. Mein Vetter, den ich im Oktober zum Innenminister ernannt habe, richtet einen Aufruf an die Nation und nennt mich, warten Sie, auch das muß ich irgendwo haben, richtig, er nennt mich einen Bluthund mit triefenden Pranken und einen stinkenden Schakal im Dienste korrupter Hyänen. Zum Schluß appelliert er an die nationale Einheit.«

»Sehr vernünftig, Herr Präsident. Nur noch eine kleine Frage. Warum lassen Sie das Rundfunkgebäude nicht in die Luft sprengen, bevor es die Aufständischen besetzen?«

»Ich erteile tatsächlich einen solchen Befehl. Aber mein zuverlässigster Vertrauensmann, der für den Sender verantwortliche Garnisonskommandant, schlägt sich leider auf die Seite der Rebellen.«

»Schade. Werden Sie kämpfen, Herr Präsident?«

»Nein. Ich fliehe in einem blaugestreiften Pyjama. Nach meinen Berechnungen sollte man mich zwei Tage später gefangennehmen, gerade als ich in Frauenkleidern ein Versteck außerhalb der Hauptstadt zu erreichen versuche. Bald darauf werde ich gehängt.«

»Und Ihre Pläne für die weitere Zukunft, Herr Präsident?«

»Sie enden ungefähr hier. Meine Sendung als Führer dieses Landes ist ja um diese Zeit bereits erfüllt. Und jetzt entschuldigen Sie mich, ich muß eine Siegesparade abnehmen. Adios.«

DIE EVOLUTION IST NICHT AUFZUHALTEN.

DIE RÖMER BENÖTIGTEN EINST LEGIONEN VON SÖLDNERN, UM DIE VÖLKER ZU UNTERJOCHEN.

HEUTZUTAGE BRAUCHT MAN, UM DAS GLEICHE ERGEBNIS ZU ERZIELEN, LEDIGLICH LEGIONEN VON BEAMTEN.

Nach der kurzen Bekanntschaft mit der Alternative zur Demokratie kann man sich viel leichter mit der Tatsache anfreunden, daß von allen Naturkatastrophen, die sich die göttliche Vorsehung und die menschliche Dreistigkeit für uns ausgedacht haben, die Bürokratie wohl die unnatürlichste ist. Die Bürger werden allerorten mit einer Lawine von Verordnungen, Erlassen und Belehrungen zugeschüttet, als mache es jemandem da oben Spaß, uns bis zur Erschöpfung zwischen Ämtern, Behörden, Ausschüssen, Abteilungen und Unterabteilungen hin und her zu hetzen.

Kein Wunder also, daß Verfolgungswahn als neue Zivilisationskrankheit in die Annalen eingehen wird. Den ganz normalen bürokratischen Wahnsinn nimmt der Wähler automatisch und nicht zu unrecht seiner jeweiligen Regierung übel und wartet ungeduldig darauf, daß sich dieser unhaltbare Zustand nach dem nächsten Regierungswechsel bessert. Da kann er lange warten. Das wird ihm auch nach dem nächsten Urknall noch nicht vergönnt sein, denn die Bürokratie ist kein Versagen des Staates. Sie ist der Staat selbst. Sie ist weltweit das politische Design der herrschenden Klasse, der Diktatur der Bürokraten.

Kann man das wirklich so einfach behaupten? Man kann.

Die Frage lautet nämlich: Wie schafft es nur ein blühendes Land, das mit innovativen Unternehmen, kreativen Köpfen und Exportzuwächsen gesegnet ist, jedes fünfte Jahr unvermeidlich in ein klaftertiefes Haushaltsloch zu rutschen? Dieses Wirtschaftswunder ist nur möglich, weil jedem kreativen und innovativen Bürger drei Beamte im Nacken sitzen und der vierte schon lange auf seiner Nase herumtanzt. Ein Beamter plant sein Gehalt, der zweite sorgt dafür, daß es ordentlich besteuert wird, der dritte organisiert ihn gewerkschaftlich und der auf der Nase erleichtert ihm das Leben mit der Erklärung, ob er sie hören will oder nicht, daß dies alles nur zu seinem Besten geschieht.

Er, der vierte Beamte ist Marketingexperte und PR-Fachmann in einem und somit natürlich der raffinierteste Schwindler. So wie ich. Wenn ich will …

Werbung ist gesund

Als Propagandachef der regierenden Arbeiterpartei begab ich mich auf die Galeere und bewunderte die ungewöhnliche sportliche Kondition des jungen Ben Hur. Angekettet an seine Mitsträflinge saß er auf einer ungehobelten Holzbank und fügte sich in den harmonischen Ruderschlag seiner Kollegen. Der sanfte Rhythmus seiner Bewegungen wurde von Paukenschlägen bestimmt und die Arbeitsmoral vorschriftsgemäß mit einer Wildschweinlederpeitsche aufrechterhalten.

Schnurstracks ging ich auf Ben Hur zu und gab mich als Aktivisten der Abteilung für Gesundheitswesen zu erkennen. Ich war entschlossen, die Moral des bekannten Galeerensträflings ideologisch zu festigen.

»Hallo«, begrüßte ich Ben und steckte ihm Werbematerial in die eiserne Schnalle seines linken Fußes. »Wie steht's, Genosse Hur?«

Mein Nachbar stemmte das lange Ruder…

»Mühsam«, stöhnte er, »verdammt mühsam … diese Schufterei …«

»Aber, aber, Kamerad. Sie leisten einen ehrenvollen, physischen Einsatz im Rahmen eines öffentlichen Dienstleistungsbetriebes«, wies ich ihn zurecht und lockerte in der drückenden Schwüle meine Krawatte. »Sie haben allen Grund stolz zu sein. In unserer verweichlichten Gesellschaft verwirklichen Sie eigenhändig höchste sportliche Ideale.«

Plötzlich vernahm ich um uns herum vertraute Stimmen. Die Sprecher des Propagandaministeriums verlautbarten ihr Wahlprogramm über Lautsprecher.

»Recht, Ordnung und Gesetz … Wiedererrichtung des Ideals physischer Arbeit … Radikaler Abbau der sozialen Diskrepanzen … Steigerung der Produktivität …«

Inzwischen beschleunigte der Paukenschläger das Tempo. Offenbar überfiel einen mitreisenden Senator die Lust, Wasserski zu laufen.

»Sie leisten viel gesündere Sitzarbeit als die Beamtenelite unserer Gesellschaft«, ermunterte ich Ben Hur.

»Darüber hinaus sehen Sie die halbe Welt, und das auch noch gratis, Sie Glückspilz.«

Unweit von uns beschwor ein Funktionärskollege die Ruderer: Solange die Regierungspartei am Ruder bliebe, wäre die Vollbeschäftigung der Galeerenbesatzung garantiert.

»Abgesehen von all diesen körperlichen Vergünstigungen, Ben«, fügte ich aufmunternd hinzu, »bleiben Sie von den unangenehmen Folgen der Inflation nahezu gänzlich verschont.«

»Wasser«, röchelte mein Klient, »bitte ... Wasser ...«

Der Aufseher versetzte ihm einen saftigen Peitschenhieb auf den Rücken.

»Das regt den Kreislauf an«, meinte ich. »Volksgesundheit ist ein zentrales Anliegen unserer Regierungspolitik. In türkischen Bädern zahlt man ein Vermögen für derartige Peitschenbehandlungen ...«

»Achtzehn Stunden ohne Unterbrechung ... achtzehn Stunden ...«

»Dafür können Sie aber in Ihrer Freizeit tun, was Sie wollen.«

Ich zitierte einen wesentlichen Punkt unseres Parteiprogramms, der vorsah, die organisierten Ruderer intensiver in die Betriebsleitung der Galeeren zu integrieren.

»Ist der Galeerenarbeiterausschuß aktiv genug?« erkundigte ich mich. »Meiner Meinung nach müßte er sich längst für die Einführung der 126-Stunden-Woche einsetzen. Aber«, schloß ich, »dafür brauchen wir eben Ihr Vertrauen bei den kommenden Wahlen.«

Die Paukenschläge wurden noch schneller.

»Ihr Schlagzeuger ist Spitze«, bemerkte ich. »Vielleicht sollte man auch eine Klarinette engagieren.«

Am anderen Gangende bearbeitete der Funktionärskollege neuerlich die Besatzung durch den Lautsprecher:

»Achtung! Achtung! Die Regierung löst eure Ökologieprobeme! Die frische Seeluft wird von Ärzten empfohlen. Achtung! Achtung!«

Bei dieser Gelegenheit verwies ich Ben Hur auf weitere volksmedizinische Errungenschaften der sozialorientierten Galeerenleitung, wie zum Beispiel die leichte und bekömmliche Verpflegung auf dem Schiff. Die im Drei-Tages-Rhythmus gebotene Schonkost enthält weder belastende tierische Fette noch schädliche Kohlehydrate, wodurch der Cholesterinspiegel niedrig gehalten wird. Diese Maßnahme wurde auch von den drei anwesenden Kassierern der staatlichen Krankenkasse lebhaft begrüßt.

»Übrigens«, wandte ich mich fürsorglich an Ben, »hätten Sie vielleicht irgendwelche Beschwerden vorzubringen?«

Er wies stumm auf einige Ratten, die sich um seine Beine tummelten. Ich betrachtete es positiv:

»Wenn Sie bedenken, daß die Ratten die ersten sind, die ein sinkendes Schiff verlassen, finde ich es beruhigend, mein Bester, daß Ihre kleinen Freunde da unten sich so gelassen benehmen. Sie zeigen volles Vertrauen in die Stabilität der Galeere, Genosse Hur.«

Gleichzeitig versicherte ich ihm, daß wir nach unserem

bundesweiten Wahlsieg unermüdlich für gesündere Arbeitsverhältnisse weiterkämpfen würden.

»Es ist unsere feste Absicht«, schloß ich, »daß künftig jedes Mitglied der Galeerenbesatzung in den Genuß eines zweiwöchigen Landurlaubs in einem renommierten Steinbruch kommt.«

Inzwischen glitt die Galeere zielstrebig durch die blauen Wogen. Die gebeugten Rücken der Seeleute wiegten sich im rhythmischen Takt des Ruderschlags, ein erhebendes Zeichen für unsere gerechten Ziele.

Die Zeit drängte. Ich umarmte Ben Hur zum Abschied und steckte ihm eine vitaminreiche Brausetablette in den Mund. Dem Paukenschläger gab ich Trinkgeld und verließ die Galeere in meinem Diensthelikopter, um in der nahe gelegenen Leprakolonie unsere erfolgreiche Wahlkampagne mit einem neuen, revolutionären Fitneßprogramm fortzusetzen.

Die Geschichtsbücher quellen über von Regimen, in denen eine kleine militante Minderheit die Massen fest im Griff hat, im guten alten Feudalismus ebenso wie im Kapitalismus, möge ihm ein nicht zu langes Leben beschieden sein. Das kennt man gut genug. Doch daß eine straff organisierte Mehrheit, wie Beamte es sind, eine kleine, produktive Minderheit beherrscht, ist eine Premiere in der Geschichte der Menschheit. Auf den ersten flüchtigen Blick wirkt es zwar so, als lebten wir in einer pluralistischen Demokratie. Hinter der Fassade aber sieht es ganz anders aus. In Regierungsämtern, Stadtverwaltungen, Behörden, Stiftungen, Gewerkschaften, überall das gleiche herzergreifende Bild, eine kleine Abstellkammer, in der ein gequälter Beamter von früh bis spät abends bis zum Umfallen schuftet, und sieben Gemächer, in denen je ein gepflegter Herr gelassen in der Tageszeitung blättert und hin und wieder telefoniert.

Wenn der geneigte Leser jemals die Gelegenheit hatte, die Gänge irgendeines Amtes entlangzuhetzen, und wer hatte sie nicht, dem blieb jener unvergeßliche Anblick nicht erspart: hinter jedem Schreibtisch die gleiche seltsame Figur mit starr zur Decke gerichtetem Blick, ein indischer Yogi auf dem Meditationsweg ins Nirwana.

Sprechen wir es doch ruhig aus, diese Herren haben einfach nichts zu tun. Es sind viel zu viele für viel zu wenig Arbeit. Darum muß Beschäftigung herangeschafft werden, koste es, was es wolle. Nicht mehr ein Formular für einen Beamten, sondern sieben Formulare für sieben Beamte. Statt eines Stempels trägt jedes Blatt Papier ein Dutzend, in jedem Büro kommt noch einer dazu.

Wem es gelungen ist, sich eine Baugenehmigung für sein Haus zu erkämpfen, und wer dieses Trauma überlebt hat, der kann ein Lied davon singen. Wie in einem Irrgarten angeordnet, liegen die Büros nicht etwa im gleichen Trakt oder Gebäude, sondern raffiniert verstreut in alle Windrichtungen. Der Papierkrieg ist ein Amoklauf und nur dazu gut, eine wehrhafte Armee von Yogis zu ernähren, die sich vermehren wie eine kerngesunde Kaninchendynastie. Hier ist ein Antrag für die Sozialversicherung ein Intelligenztest und gegen das Ausfüllen einer Steuererklärung eine Doktorarbeit in Atomphysik ein Kinderspiel.

Ein Hauch von Kolonialismus schwebt über allem, eine Ahnung von jener guten alten Zeit, in der man die Eingeborenen lieber dumm sterben als aufgeklärt leben ließ. Das beste Mittel, um dieses imperiale Ziel zu erreichen, ist, wie einst in den Zeiten der Eroberer Pizarro und Cortez, die Sprache. Je unverständlicher das Beamtendeutsch, desto größer die Macht der siegreichen Bürokratie.

Ein Beispiel gefällig?

»Rückwirkend zum 20. April wird die 3,6prozentige Teuerungszulage auf das Grundgehalt an die Gesamtvergütung von 2,52% angepaßt. Addiert man diese zur vorausgegangenen Ausgleichserhöhung von 2,8%, ergibt sich ein Sozialbeitragsquotient von 5,3%, der mit 1,7% Anhebung der Pflichtversicherung einberechnet wird und gemeinsam mit dem Multiplikator der Direktzulage 0,7703 Prozent ausmacht.«

Nein, das ist nicht ein psychopathologischer Bericht aus einer renommierten Irrenanstalt, sondern lediglich das perfekte Amtsdeutsch einer amtlichen Verlautbarung. Es wurde von der regierenden bürokratischen Mehrheit ausgeklügelt, um die Begriffe des täglichen Lebens für die arbeitende Minderheit bis zur Unkenntlichkeit zu verschlüsseln.

Die Bürokratie ist die Ausgeburt des Überflüssigen, und ihre Nutzlosigkeit ist eine stabile Plattform für den Staat. Wer die üblichen Wahlversprechen von einer kurz bevorstehenden Verschlankung des Staatsapparats glaubt, ist selbst schuld, denn wie jede blühende Oligarchie strebt auch die Bürokratie danach, ihre politische Macht auszudehnen. Und so fließt Jahr für Jahr ein Strom frischgebackener Yogis in den mächtigen Beamtenapparat, und ein neuer Irrgarten bürokratischer Labyrinthe wird eröffnet.

Das große Zöllnerspiel

»Die Zollbehörde hat ein neues Informationsblatt zur Abholung persönlicher Gegenstände herausgegeben«, meldeten die Zeitungen. »In leicht faßlicher Form erfährt man, was bei der Abholung zu tun ist, wie man schnell und unproblematisch das richtige Büro oder die zuständige Stelle findet. Das neue System wird dem Abholer über 43 Prozent der bisher mit unnötiger Rennerei vergeudeten Zeit ersparen.«

Also sprach der Prophet der Zollbehörde, und der Autor freut sich von Herzen, der breiten Öffentlichkeit die gute Nachricht in Form eines einfachen Brettspiels veranschaulichen zu können, welches die Spieler Schritt für Schritt in den wesentlich beschleunigten Abholvorgang einführt.

Das »Zöllnerspiel«, für alle Altersstufen von 3 bis 90

Jahren geeignet, gibt dem jugendlichen Teilnehmer Gelegenheit, frühzeitig die schnöde Wirklichkeit des Lebens kennenzulernen.

Hier die Spielregeln:

»Nach dem Verlassen des Schiffes (1) begeben Sie sich unverzüglich in das Zollbüro auf der Insel (2), wo Sie Ihre Papiere in der Abteilung »Stempel« (3), »Heften« (4) und »Löschen« (5) zur Kontrolle vorlegen, wonach Sie durch die Cafeteria (6) in die Verpackungsabteilung (7) gelangen, wo Ihre Papiere in einen offiziellen Umschlag gesteckt werden.

Danach begeben Sie sich direkt zum Aufzug (8) und gehen die Treppe in die Abteilung für Mitglieder hinauf (9), wo Sie Ihren Gewerkschaftsausweis vorlegen (10). Sollten Sie über einen solchen nicht verfügen, wenden Sie sich bitte umgehend an das Beratungsbüro (13). Unterwegs werden Sie auf einen Kontrollbeamten treffen (11), der Sie auffordern wird, den Kanal (12) zügig zu durchqueren.

Im Beratungsbüro (13) wird man Ihnen erklären, wie Sie auf dem kürzesten Weg in das Verwaltungsgebäude der Gewerkschaft gelangen. Nehmen Sie den geheimen Tunnel (14), und mit Bus und Bahn werden Sie auf kürzestem Weg den Informationsschalter (15) des Verwaltungsgebäudes erreichen. Danach unterziehen Sie sich einer kurzen Kontrolle (16), und Sie werden dank einer intensiven Beratung als vollwertiges Mitglied in die Gewerkschaft (17) aufgenommen werden.

Nach Ihrer Rückkehr in das Zollgebäude spenden Sie

Blut (18), danach teilen Sie sich in zwei Hälften, da die Pfeile in zwei gegensätzliche Richtungen weisen. Nach einer Rechtsdrehung (19) kommt Ihr Oberkörper in die Registratur (20) und wird einer Kontrolle mit dem Geigerzähler unterzogen (21), um eventuelle radioaktive Strahlungen auszuschließen. Im Erklärungsamt (22) vereint er sich wieder mit Ihrem Unterkörper, der in der Zwischenzeit pädagogische Institutionen (19 a) durchlaufen hat und zu einem Notar (20 a) gelangt ist, der bestätigt, daß Ihre Unterschrift nicht die von jemand anderem ist. Von hier aus ist es nur ein Katzensprung zum Beschwerdebüro, dessen Eingang jedoch provisorisch zugemauert ist.

Im Unterschriftenbüro (22) erklären Sie an Eides statt, daß Sie tatsächlich Ihre Gegenstände in Empfang nehmen wollen, und nach einer Pflichtdusche (23) wird Ihnen der direkte Zugang zur Kasse genehmigt (24). An der Kasse können Sie nicht ohne Gebührenmarken bezahlen, deshalb begeben Sie sich zum nahe liegenden Postamt (25), um diese zu erstehen. Dort wird Ihnen mitgeteilt, daß Sie zuerst eine Bestätigung der Kasse vorzulegen haben, ob Sie auch wirklich Gebührenmarken benötigen. Eine derartige Bestätigung kann nicht ohne Gebührenmarken erstellt werden. Nach kurzem Hin- und Zurückrennen machen Sie sich auf die Suche nach dem Zolldirektor, der sich jedoch in einer Sitzung befindet (29). Sie nähern sich vorsichtig seinem Stellvertreter, der inzwischen zum Aufseher im benachbarten Getreidespeicher befördert wurde. Sie lassen gespeicherte

Luft ab (27) und werden von den Gebührenmarken freigestellt, während ein Polizist (28) Ihnen unterdessen einen Strafzettel wegen Ruhestörung im Treppenhaus ausstellt.

Danach bleibt Ihnen nichts anderes übrig, als Ihre Papiere geschwind zum Notarzt (29) zu schleppen, der Sie in einer Ambulanz (30) zum Zollgebäude befördert, wo alles von vorne beginnt.

Die Menschheit schaut auf die bürokratische Epidemie wie das Kaninchen auf die Schlange, aber die Seuche hat einen recht aktiven Konkurrenten, vor dem die Menschheit die Augen verschließt – den internationalen Terror.

Manchmal hat man den Eindruck, daß die freie Welt sich dem Terror schweigend ergeben hat. Die Menschheit sucht die Nadel im Heuhaufen, statt den ganzen Heuhaufen zu verbrennen. Und mit Seidenhandschuhen werden jene angepackt, die Bomben lediglich erzeugt und geliefert, aber nicht geworfen haben.

Tief in ihrem Herzen bewundern die Menschen jene Freiheitskämpfer, die Geiseln genommen haben. Mit beseligtem Gesichtsausdruck flüstert die freigelassene Geiseldame:

»Sie waren wie Gentlemen zu uns. Sie haben uns nur

ganz selten geschlagen, und während der ganzen achtzig Tage bekamen wir mehr als genug Trinkwasser …«

Was also hat man gegen diese ehrenwerten Aktivisten? Was kann man tun, außer eine private Entführungs-Versicherung bei »Lloyds & Sons« abzuschließen?

Gibt es tatsächlich keine andere Lösung? Kann den Terror niemand besiegen? Nicht das FBI und nicht der Scotland Yard? Der internationale Gerichtshof in Den Haag? Die Nato …

Nein, Terroristen pfeifen auf alles. Das gehört zu ihrem Job.

Sie fürchten niemanden. Außer Schultheiß.

Aktion »Sch«

Die Sache sah nicht gut aus. Das entführte Flugzeug war vor wenigen Minuten auf dem Flughafen von Tel Aviv gelandet, die Terroristen hatten ihre Forderungen gefunkt und abschließend bekanntgegeben, daß sie im Nichterfüllungsfall die Sprengstoffladungen zünden würden. Im Kontrollturm des Flughafens beriet der Krisenstab.

»Es gibt nur einen Ausweg, man muß die Bande zermürben. Man muß sie möglichst bis an die Grenzen eines Nervenzusammenbruches treiben.«

»Sehr schön. Aber wie?«

»Darauf gibt es nur eine Antwort …«

Zehn Minuten später erschien im Wagen des Generalstabschefs und mit Blaulichteskorte Genosse Schultheiß, der Star des bürokratischen Establishments der Arbeiterbewegung. Er kam direkt aus dem Krankenhaus, wo er mit den Führern der Bäckergewerkschaft über eine 3,8prozentige Tariferhöhung verhandelt hatte, und zwar ununterbrochen, geschlagene drei Tage und drei Nächte. Im Lauf der Verhandlungen waren nach und nach sämtliche Bäcker mit schweren Erschöpfungssymptomen ins Krankenhaus eingeliefert worden, nur Schultheiß, der Held der sozialistischen Arbeit, hatte nichts von seiner Frische eingebüßt.

Jetzt wurde er vom Verteidigungsminister persönlich in den Fall eingeführt:

»Wenn wir die Flugpassagiere nicht anders freibekommen, tauschen wir sie gegen inhaftierte Terroristen aus. Sie, Schultheiß, haben für Ihr Gespräch mit den Entführern freie Hand. Wenden Sie die üblichen Gewerkschaftsmethoden an. Behandeln Sie die Kerle so, als ob es unsere Steuerzahler wären.«

»Okay«, sagte Schultheiß, bestellte einen Tee mit Zitrone und bat um die Telefonistin aus dem Flughafenbüro.

Nachdem Ilana sich eingerichtet hatte, wurde die Funkverbindung mit dem Flugzeug aufgenommen.

Aus dem Cockpit erklang eine tiefe Männerstimme.

»Tod dem Feind. Hier spricht die Organisation Schwarzer September. Befolgen Sie meine Anordnungen.«

»Einen Augenblick«, unterbrach Schultheiß. »Man versteht schlecht. Wer ist schwarz, die Organisation oder der September?«

»Halten Sie den Mund!«

»Verzeihung, aber wer sind Sie eigentlich?«

»Was heißt das, wer ich bin?«

»Woher soll ich wissen, daß Sie wirklich ein Terrorist sind? Sie könnten ja auch ein Fluggast sein.«

»Würde ich dann mit Ihnen sprechen?«

»Vielleicht hält man Ihnen einen Revolver an die Schläfe.«

»Na und?«

»Das würde die Situation grundlegend ändern. Es ginge dann nicht um eine direkte Verhandlung, sondern um eine Vermittlung.«

»Was für ein Unterschied wäre das, zum Teufel?«

»Ein gewaltiger, guter Herr. Im Fall einer Vermittlung müßte ich eine andere Behörde einschalten. Ich habe die beste Absicht, mit Ihnen zu kooperieren, aber ich muß mich nach meinen Vorschriften richten. Wie ist Ihr Name, bitte?«

»Hauptmann Dschamel Rafat.«

»Mit einem ›K‹ in der Mitte?«

Man hörte ein heiseres Röcheln. Dann meldete sich der Kapitän des Flugzeugs.

»Er ist der Anführer der Gruppe, Sie können mir glauben.«

»Ich akzeptiere Sie als provisorischen Zeugen. Ihre Paßnummer?«

»75103/97381.«

»Wann und wo ausgestellt?«

An dieser Stelle riß Hauptmann Rafat das Gespräch wieder an sich:

»Wenn die Verhandlungen nicht in zwanzig Sekunden beginnen, jagen wir das Flugzeug in die Luft.«

»Zwanzig Sekunden von wann an?«

»Was meinen Sie?«

»Ich meine, wann beginnen die zwanzig Sekunden?«

»Sie beginnen jetzt, sofort, in diesem Augenblick.«

»Wie spät haben Sie?«

»11.29 Uhr, verdammt noch einmal!«

»Auf meiner Uhr ist es erst 11.22 Uhr, ich lasse nachsehen. In solchen Situationen kann jede Sekunde eine Rolle spielen. Bitte warten Sie.«

»Hallo!« brüllte Hauptmann Rafat, aber die Verbindung war bereits unterbrochen und blieb es für drei Minuten. Dann kam Hauptmann Rafat wieder zum Kontrollturm durch. Was er hörte, war die Stimme Ilanas:

»Wer hat Ihnen erzählt, daß ich mit Tibi ausgegangen bin? Franzi lügt. Sie kennen doch Franzi, Hauptmann Rafat? Endlich. Man sucht Sie schon, bitte sprechen.«

Und Hauptmann Rafat sprach:

»Wir verlangen die sofortige Entlassung von 390 Freiheitskämpfern, die sich bei Ihnen in Haft befinden. Ich diktiere die Namen …«

»Bitte nicht am Telefon«, sagte Schultheiß. »Außerdem liegen 390 Entlassungen weit über der zulässigen Quote. Wir haben gar keine Transportmittel für so viele Personen. Ich dachte an sechs oder sieben, höchstens acht.«

»390.«

»Neun. Und einer von ihnen mit Grippe.«

»Ich handle nicht!«

»Also gut, zehn. Sechs bei Inkrafttreten unseres Abkommens, drei am 31. Oktober ...«

»Jetzt sofort und alle!«

»Alle zehn?«

»300.«

»Elf, ohne Empfangsbestätigung.«

»250. Das ist mein letztes Wort.«

»Zwölf. Es kostet mich selbst mehr ...«

Die Verbindung zwischen Cockpit und Kontrollturm wurde aufs neue unterbrochen. Nach ihrer Wiederherstellung drangen rätselhafte Satzfetzen an Hauptmann Rafats Ohren: »Galiläa-Import-Export ... Gurewitsch und Meiser ... alle weggegangen ... niemand mehr hier ...«

Dann schaltete sich die erregte Stimme des Flugzeugkapitäns in das Gespräch ein:

»Achtung, Kontrollturm. Die Entführer treffen Vorbereitungen zur Zündung der Sprengkörper. Sie stellen Ihnen ein Ultimatum von dreißig Minuten. Und sie meinen es verdammt ernst. Achtung, Kontrollturm. Haben Sie verstanden? Ein Ultimatum! Dreißig Minuten!«

»Verstanden«, sagte Schultheiß. »Aber ich brauche es schriftlich. Ich muß mich ja meinen Vorgesetzten gegenüber absichern. Sagen Sie den Leuten, sie sollen auf dem Briefpapier der Fluggesellschaft folgendes notieren: ›Wir, die unterzeichneten Terroristen, wohnhaft dort und dort, erklären hiermit, daß wir die auf dem und dem Flughafen stehende Maschine mittels explosiver chemischer Substanzen‹ und so weiter und so weiter. In dreifacher Ausfertigung. Arabisch, Englisch und Aramäisch. Paßfotos wären erwünscht.«

Der Flugkapitän antwortete nicht. An seiner Stelle meldete sich Rafat und verlangte nach einem Rettungswagen des Roten Kreuzes.

»Das heißt bei uns Roter Davidstern«, belehrte ihn Schultheiß.

Rafat überhörte ihn.

»Der Wagen soll mit einer weißen Fahne an das Flugzeug heranfahren«, schloß er keuchend.

»Welche Größe?«

»Was, welche Größe?«

»Wie groß soll die Fahne sein?«

»Das ist mir scheißegal! Eine kleine weiße Fahne.«

»Wir haben zwei Fahnen, eine zu 78 × 45 und eine zu 75 × 30, aber die ist in der Wäsche. Sollte Ihnen die andere zu groß sein, dann kann ich eine kleinere bestellen.«

Der Kehle des Terroristenführers entrang sich ein dumpfes Stöhnen.

»Kommen Sie ohne Fahne ...«

»Ich oder der Rettungswagen. Bitte entscheiden Sie sich. Sonst weiß ich ja nicht, was ich ins Protokoll schreiben soll. Hallo, Hallo.«

Auf der anderen Seite herrschte Funkstille. Dann gaben die Entführer bekannt, daß sie ihre Geiseln im Tausch gegen 25 inhaftierte Freiheitskämpfer freilassen würden, unter der Bedingung, daß sie nicht länger mit Schultheiß verhandeln müßten.

Schultheiß schlug eine gemischte Kommission vor, bestehend aus einem akkreditierten Terroristen aus Libyen, einem parteilosen Justizbeamten und dem Sekretär der Pilotengewerkschaft.

Hauptmann Rafat fragte, ob man ihm auch einen Arzt schicken könne. Seine Stimme klang hohl.

Sein Stellvertreter, der jetzt das Mikrophon übernahm, ließ ähnliche Anzeichen von Nervenzerrüttung erkennen. Das Entführungskommando, erklärte er, sei bereit, in ein anderes Land abzufliegen, sobald die Maschine aufgetankt hätte.

»Ich verbinde sie mit unserem Treibstoffdepot«, sagte Ilana und ließ die Anwesenden den nun folgenden Dialog mithören:

Ziva (die Telefonistin des Depots): »Bedaure, unser Abteilungsleiter ist weggegangen.«

Rafat: »Wann kommt er zurück?«

Ziva: »Keine Ahnung. Wahrscheinlich sitzt er beim Essen.«

Rafat: »Öffnen Sie das Depot, oder es geschieht ein Unglück.«

Ziva: »Die Schlüssel sind bei Viktor.«

Rafat: »Ich zähle bis drei. Dann lassen meine Leute das Flugzeug explodieren. Eins – zwei –«

Gurewitsch: »Hallo, hier Galiläa-Import-Export. Mit wem bin ich verbunden?«

Rafat: »Hier Schwarz ... ich meine der Schwarze September ... Wir wollen weg von hier ... weg ... weg ...«

An dieser Stelle übernahm Schultheiß noch einmal das Gespräch.

»Hauptmann Rafat? Es ist alles in Ordnung. Der Tankwagen wird sofort vorfahren.«

Er nickte dem Verteidigungsminister zu. Der Verteidigungsminister nickte dem Leiter des Einsatzkommandos zu. Den Rest kennt man aus den Zeitungsberichten, die im Wirbel der Ereignisse eine Kleinigkeit übersehen haben. Sie hätten nämlich noch folgendes hinzufügen müssen:

»Nach erfolgreicher Beendigung seiner Mission auf dem Flughafen begab sich Genosse Schultheiß in das Krankenhaus zurück, wo er seine Verhandlungen mit der Bäckergewerkschaft bis zum Jahresende fortsetzte.«

Die schlaue Bürokratie hat inzwischen einige Zweigstellen, sogenannte »Parteien«, eröffnet. Es gibt da verschiedene Nunacen. Die eine Zweigstelle läuft unter der Bezeichnung Demokraten, die andere nennt sich Republikaner, ohne daß man einen wesentlichen Unterschied bemerkt. Dann gibt's noch Nationalisten und Sozialisten und Liberale und Progressive und Grüne und Christdemokraten, und gemeinsam haben sie ein heiliges Ziel: Sie wollen an die Macht und Chauffeure in Uniform, Leibwächter und eigene Telefonleitungen, schlanke Sekretärinnen und dicke Pensionen, Amtsvillen und Weltreisen, auf den Leib geschneiderte Nadelstreifen und volle

Haare. Außerdem wollen sie das Land sanieren, hauptsächlich vom katastrophalen Schaden, den die frühere Regierung angerichtet hat.

Die Rettungsaktion geht nach rechts oder nach links, entweder in die konservative oder in die Gegenrichtung. Der wesentliche Unterschied zwischen diesen beiden größten aller Zweigstellen ist, daß die Linken mehr rauchen und die Vermögenssteuer wieder einführen, während die Rechten die Wohlhabenden aus den Steueroasen zurückholen und sonntags mit den Zwilligen zur Kirche gehen. Andere Unterschiede gibt's eigentlich nicht. Und so ist es nur natürlich, daß Politiker, die Karriere machen wollen, bis heute dem weisen Rat von Niccolo Machiavelli folgen, wonach »ein weiser Fürst sein Wort nicht halten kann und darf, wenn er dadurch sich selbst schaden würde oder wenn die Gründe weggefallen sind, die ihn bestimmten, es zu geben«.

Dies ist ein ebenso sinnvoller wie praktischer Ratschlag an den politischen Wetterhahn, der sich so gerne nach dem heftigsten politischen Wind dreht. Manchmal allerdings wird seine Wendung auch durch einen saftigen öffentlichen Skandal verursacht oder durch eine heiße Hühnersuppe mit Nudeln.

Eine sozialistische Nudelsuppe

Um den dramatischen Ereignissen folgen zu können, muß man wissen, daß bis zu den letzten Wahlen der Abgeordnete Elieser Gurnischt als zuverlässiges, ja geradezu unerschütterliches Mitglied der rechtsgerichteten Oppositionspartei galt. Daß seine konservative Haltung der Öffentlichkeit kaum bekannt war, hatte einen einfachen Grund: Er selbst war der Öffentlichkeit kaum bekannt. Selbst in politischen Kreisen gab es nur wenige, die von seiner Existenz wußten. Ein einziges Mal hatte er sich im Parlament zu Wort gemeldet und eine längere Rede gegen die politische Gleichgültigkeit gehalten, aber der Zufall wollte es, daß sich das Haus gerade zu dieser Zeit leerte. Sogar der Parlamentssprecher ging hinaus, um eine Zigarette zu rauchen, und die Fernsehtechniker befanden sich noch immer im Streik.

Als Gurnischt am folgenden Tag im Parteihaus erschien – wie immer äußerst korrekt gekleidet, dunkler Anzug, weißes Hemd, diskrete Krawatte, ganz im Stil seines konservativen Parteiführers –, hatte er das Pech, daß ihn der Generalsekretär bemerkte. »Wer ist das?« fragte er seinen Gesprächspartner. »Einer unserer Abgeordneten«, lautete die Antwort. »Sitzt seit sieben Legislaturperioden im Parlament. Mehr weiß man nicht von ihm.« Gurnischt, bisher auf Rang 43 der Wahlliste seiner Partei, wurde für die nächsten Wahlen auf Rang 77 abgeschoben. Das Ende seiner politischen Laufbahn schien gekommen.

Und dann passierte die Sache mit der Suppe.

Sie passierte eines Samstags in einem Restaurant, wo Gurnischt mit einigen Gefährten aus der untersten Parteischublade zu Abend aß. Alle, die da saßen und ihre Hühnersuppe löffelten, zeigten sich höchst besorgt über die jüngste demoskopische Umfrage, der zufolge die Chancen der regierenden Arbeiterpartei ständig wuchsen.

Um das Thema zu wechseln, fragte einer aus der Runde Gurnischt, ob auch er ein Bankkonto in Liechtenstein habe. Gurnischt erschrak so heftig, daß ihm der Löffel aus der Hand und in den Teller fiel, von wo ihm eine kleinere Portion Hühnersuppe, garniert mit zwei Nudeln, auf die makellose Krawatte spritzte. Seine Reinigungsversuche mit der Serviette hatten lediglich zur Folge, daß der Fleck sich immer mehr ausbreitete. Gurnischt gab auf, nahm die Krawatte ab, steckte sie in die Tasche und öffnete zu seiner Bequemlichkeit den obersten Knopf seines weißen Hemdes. Dann löffelte er seine Suppe weiter und machte zwischendurch feindselige Bemerkungen über die Linkskoalition.

In diesem Augenblick öffnete sich die Tür. Der Abgeordnete Jakob Wald-Waldenburg, Säule der Arbeiterpartei, betrat das Restaurant, gefolgt von seinen ständigen Begleitern und einigen Journalisten. Während er einen freien Tisch suchte, fiel sein Blick auf den offenen Hemdkragen, der zu Elieser Gurnischts weißem Hemd gehörte und aus den bürgerlichen Krawatten ringsum wie ein Leuchtfeuer hervorstach.

Wald-Waldenburg, Routinier und erprobter Intrigant, nahm sofort Witterung. Ein Mann der Rechten mit offenem Hemd, dem traditionellen Habitus der Linksparteien, was hatte das zu bedeuten, fragte er zuerst sich und dann seine Gefolgschaft.

Vielleicht sei dieser Gurnischt gar nicht so konservativ, wie man glaubte, meinte einer. Ein anderer vermutete, die Rechte wolle sich volkstümlich geben.

»Alles Nonsens«, entschied Wald-Waldenburg. »Die Rechte wird nervös. Wir müssen ihre Nervosität weiter anheizen.«

Und er ging auf Gurnischt zu, um ihm mit einem kameradschaftlichen »Wie geht's denn immer, mein lieber Gurnschik?« die Hand zu schütteln.

Die am Tisch Sitzenden glotzten. Sie konnten sich diese plötzliche Freundschaftsdemonstration nicht erklären.

Gurnischt, der das ebensowenig konnte, lächelte undurchdringlich.

Zu Hause übergab er seiner Frau, immer noch lächelnd, die fleckige Krawatte.

»Die Suppe war so fett«, sagte er.

»Und du hast zwei linke Hände«, sagte seine Frau.

Es waren nicht nur seine Hände, die mit dem Begriff »links« in Zusammenhang gebracht wurden. Am nächsten Morgen, die anwesenden Journalisten hatten dafür gesorgt, las man in der Presse von einer beginnenden Annäherung der Linkskoalition an den vom Abgeordneten Gurnischt geführten Flügel der Konservativen. Prompt wurde Gurnischt daraufhin von seinem Generalsekretär zu einem Gespräch eingeladen. Es war übrigens das erste Mal seit vielen Jahren, daß er überhaupt von jemandem eingeladen wurde. Wie das mit diesen Kontakten nach links wäre, wollte der Generalsekretär wissen.

»Ich bitte Sie«, widersprach Gurnischt. »Welche Kontakte kann ein Kandidat mit der Wahllistennummer 77 schon haben?«

»Soll das heißen, daß Sie Ihren Platz für aussichtslos halten?«

»Jawohl, genau das soll es heißen.«

In einem plötzlichen Anfall von Selbstbehauptung machte sich Gurnischt Luft über die Unfähigkeit der Parteiführung, über die interne Cliquenwirtschaft und über all die vielen Mängel und Fehler, die es nicht gäbe, wenn Männer wie er auf der Wahlliste am richtigen Platz stünden. Der Generalsekretär wackelte betreten mit dem Kopf. Er werde sehen, was sich da machen ließe, sagte er.

Als nächstes rief die Säule Wald-Waldenburg an und schlug eine private Zusammenkunft vor. Sie fand im Säulenheim statt, unter wichtigtuerischer Geheimhaltung und betont formlos. Gurnischt erschien in Leinenhosen und offenem Sommerhemd, was sein Gastgeber mit sichtlicher Befriedigung zur Kenntnis nahm.

»Wir haben Ihre Integrität seit jeher bewundert, lieber Gurnschik«, stellte er gleich zu Beginn fest. »Und wir respektieren Ihre weithin bekannte ideologisch-pragmatische Einstellung zu den Problemen der arbeitenden Bevölkerung.«

Es war, wie man so sagt, ein konstruktives Gespräch von Anfang an. In freundschaftlichem Klima, wie man so sagt.

»Ich war immer ein sozial denkender Mensch«, betonte Gurnischt. »Fragen Sie unsere Putzfrau.«

Auch seiner Wertschätzung für den Führer der Arbeiterpartei gab er beredten Ausdruck. Gewiß, er stimme nicht in allen Punkten mit ihm überein, aber er sei eine bedeutende Persönlichkeit.

»Es wäre durchaus denkbar, daß ich aus dieser Tatsache unter Umständen auch politische Konsequenzen ziehe«, schloß er.

Waldi, wie seine Freunde ihn nannten, berichtete am nächsten Tag der Parteizentrale, daß man hier vielleicht eine Bresche in den Rechtsblock schlagen könnte.

»Schlagen Sie«, sagte die Zentrale.

Der Generalsekretär der Konservativen bekam Wind von der Sache, berief Gurnischt zu sich und bot ihm den 57. Platz auf der Wahlliste an, als Gegenleistung für eine eindeutige Erklärung in den Massenmedien, mit der

Gurnischt allen Gerüchten über seinen Flirt mit der Arbeiterpartei und über die Bildung einer nach links tendierenden Splittergruppe ein für allemal ein Ende setzen sollte.

»Es ist mein heiliger Grundsatz«, betonte Gurnischt, »daß man seine Überzeugung nicht um eines persönlichen Vorteils willen aufgeben darf.«

»Etwas anderes«, und mit diesen Worten entließ ihn der Generalsekretär, »etwas anderes haben wir von einem Mann, der auf unserer Wahlliste den 37. Platz besetzt, auch nicht erwartet.«

Inzwischen beschäftigten sich die Zeitungen immer ausführlicher mit der Geheimsitzung im Hause Wald-Waldenburgs. Überschriften wie: »Spaltet Gurnischt den Rechtsblock?« oder »Gurnischt auf Zickzackkurs nach links« veranlaßten schließlich die Parteiführung, dem Ausbrecher ein Ultimatum zu stellen: »Entweder«, so hieß es, »brechen Sie Ihre Kontakte zur Linkskoalition ab, oder wir müßten Ihnen Platz 17 auf unserer Wahlliste wieder entziehen.«

Jetzt endlich besann sich Gurnischt auf seine Parteidisziplin, was ihn jedoch nicht hinderte, weiterhin mit offenem Hemdkragen in der Öffentlichkeit zu erscheinen und seinem Freund Waldi, wenn er ihm in einem Restaurant oder sonstwo begegnete, herzlich zuzuwinken. Seine hoffnungsvolle politische Zukunft scheint in jedem Fall gesichert.

Es dürfte wohl der erste Fall in der Geschichte des Parlamentarismus sein, daß eine Persönlichkeit des politischen Lebens unter der Einwirkung von Hühnersuppe Sozialist wurde.

Schön, das war recht witzig. Es gibt jedoch auch heute noch aufrechte Charaktere, die nicht bereit sind, ihr politisches Fähnlein in jeden Wind zu hängen.

Jascha und der unvergeßliche Erste Mai

In seiner Jugend hatte Jascha Süßkind keinerlei Probleme mit dem politischen Inhalt des Ersten Mai, dem internationalen Tag der Arbeit. Schon damals begeisterte er sich für die Arbeiterbewegung, war er doch ein vielversprechender Lehrling in einer Autowerkstatt und gehörte mit Leidenschaft dem extrem linken Flügel der Partei an. Die unvergeßlichen Mai-Demonstrationen verschafften ihm doppelte Genugtuung. Schließlich ging es einerseits um niemand anderen als Lenin, Marx und Stalin, um die klassenlose Gesellschaft und um den Frieden für alle Friedliebenden.

Jascha Süßkind war ein stattlicher Junge, und nicht selten wurde ihm die Ehre zuteil, die unvergeßliche Parade als Träger der roten Fahne, dem Symbol proletarischer

Solidarität, anzuführen. Jascha pflegte häufig und gerne mit verschmitztem Lächeln zu beteuern, er sei bereits als Anhänger der sozialistischen Lehre auf die Welt gekommen. Seine Leidenschaft hatte zwar inzwischen ein wenig nachgelassen, aber schließlich steckte er bis über beide Ohren im Bau seiner Werkstatt. Damals war seine sozialistische Überzeugung felsenfest, wenn ihn auch Stalins plötzliches Hinscheiden ein bißchen enttäuscht hatte. Auf jeden Fall ersetzte er an jenem neuen unvergeßlichen Ersten Mai das Bild des Generalissimus durch das Che Guevaras. Er stellte Ches berühmtes Bild sogar mitten auf den roten Teppich und erleuchtete es mit roten Kerzen.

Auf die unvergeßlichen Maiparaden aber freute sich Jascha Süßkind nach wie vor wie ein Kind, denn die Solidarität mit den Arbeitern aller Orten war und blieb für ihn der Lebensinhalt. So schloß er seine kleine Fabrik für Autoersatzteile vor jedem unvergeßlichen Ersten Mai für gut und gerne sechs Stunden und versäumte es nicht, seinen Arbeitern die roten Fahnen höchstpersönlich in die Hand zu drücken.

Im Laufe der Jahre war die Parade immer prächtiger geworden, aber für Jascha war immer noch jener Erste Mai unvergeßlich, an dem sein Buchhalter nur mit Müh und Not die sieben roten Fahnen durch die jubelnden Massen zum Zweitwagen des Chefs bringen konnte.

In den darauffolgenden Jahren wurden einige unvergeßliche Paraden wegen unvorhergesehener Ereignisse in der sozialistischen Sache oder aus anderen praktischen

Gründen abgesagt. Jascha Süßkind nutzte jedoch seine angenehme materielle Lage, die er der erfreulichen Entwicklung seiner zwei Whirlpool-Fabriken verdankte, und sorgte dafür, daß die Balkone seiner Mietshäuser anläßlich des internationalen Tags der Arbeit prächtig ausstaffiert wurden. Er schmückte die Bilder der Arbeiterführer mit Blumen und roten Fähnchen, Maos wie das seines Finanzminister, mit dem Süßkind des öfteren als Mitglied des staatlichen Komitees zur Förderung ausländischer Investitionen zusammentraf.

Als endlich die unvergeßlichen Maiparaden wieder stattfanden, flog Jascha eigens aus Liechtenstein nach Hause, um den fortschrittlichen Künstlern, die das Rahmenprogramm bestritten, seinen Privathelikopter zur Verfügung zu stellen. Die Jahre, die unwiderruflich vorbei waren, hatten zwar den unvergeßlichen Arbeitertag ein wenig aus seinem Bewußtsein verdrängt, aber schließlich gab es ja noch die chinesische Parteiführung und ihre sympathische Kulturrevolution. Um sein Gedächtnis ein wenig aufzufrischen, blätterte er in einem alten Lexikon und entdeckte, daß der erste unvergeßliche Erste Mai im Zeichen des Arbeiterkampfes zu einem achtstündigen Arbeitstag erklärt worden war. Das sollte, so fand er, in Erinnerung an diesen ersten unvergeßlichen Ersten Mai, als strikte Regel beibehalten werden, vor allem für die »Süßkind-Werke GmbH«, denen die blöden Gewerkschaften läppische 36 Stunden in der Woche genehmigen wollten. Jascha jedoch blieb seinen Prinzipien treu. Am nächsten unvergeßlichen Ersten Mai brach die gesamte Nachbarschaft in Entzücken aus ob der Pracht der geschmückten Balkone mit den rot dekorierten Bildern des russischen Stabhochspringers Bubka und des Präsidenten der Vereinigten Staaten.

Die unvergeßliche Parade stand diesmal im Zeichen der sozialistischen Jugendbewegung, und als Ausdruck seiner proletarischen Wachsamkeit entsandte Jascha diesmal die beiden blutjungen Dienstmädchen und seinen Butler mit drei rosigen Seidenfahnen zum Aufmarsch.

Wie wird man eigentlich Politiker? Eine Voraussetzung dafür ist, zuerst in einem anderen Beruf zu scheitern. Ja, und dann? Danach kommt alles ganz von allein, es ergibt sich einfach so, und schon ist man ein Staatsmann.

Gottes Wege sind eben unerforschlich.

»Operation Pomeranz«

»Wird Anzi spielen?«

So lautete die Frage, die am Freitag die Fans von »Bettel-Eintracht« vor dem alles entscheidenden Bundesligaspiel gegen »Dynamo-Vorwärts« beschäftigte. Die Aufregung war verständlich. Gerüchten zufolge war der Mannschaftstrainer zu höchster Wachsamkeit verpflichtet worden, da Vereinsspione in den Spielergarderoben einen Paß mit Auslandsvisa aufgestöbert hatten. Zum Entsetzen der Beteiligten hatte man eines der verdächtigen Dokumente auch beim Publikumsliebling, dem legendären Anzan Pomeranz gesichtet. Dies hat jedoch nur diejenigen überrascht, die Anzi nicht kannten. Der Fußballstar schröpfte nämlich seinen Verein nach allen Regeln der Kunst. Nicht nur daß man ihm eine Arbeit als Babysitter bei einer kinderlosen Familie verschafft hatte, wurde ihm dann auch noch eine beachtliche Trainingszulage zugestanden. Pomeranz hätte sich damit doch wirklich zufriedengeben können. Aber vor zwei Wochen hatte ihn ein Spieler mit einem portugiesischem Wörterbuch in der Hand gesehen …

Der Verein tat, was zu tun war. Zwei Privatdetektive wurden beauftragt, Anzi rund um die Uhr zu bewachen. Zur offenen Auseinandersetzung aber kam es erst an jenem Mittwoch, als Pomeranz seinen Verein aufforderte, auch ihn als Detektiv zu beschäftigen.

»Erstens kann ich mich selbst viel besser verfolgen«, erklärte Anzi, »und zweitens komme ich dann vielleicht endlich finanziell über die Runden …«

»Kommt nicht in Frage«, entrüstete sich der Mannschaftskapitän, »Sie sind Sportler, Pomeranz, und somit ein gesetzlicher Profi, der sich nicht einfach so mir nichts dir nichts bestechen läßt. Das mag in den reichen Ländern üblich sein. In einem so kleinen und armen Land wie dem unseren muß man anständig bleiben.«

»Gut«, konzedierte Anzi, »dann möchte ich eben in Frührente gehen.«

»In Ihrem Alter? Quatsch!«

»Auch gut«, erwiderte Anzi, »dann spiele ich aber nur eine Halbzeit ...«

Verstimmt verließ Pomeranz die Mannschaftsräume, und noch am gleichen Tag beobachteten ihn seine Bewacher dabei, wie er in der nächstgelegenen Buchhandlung demonstrativ einen Reiseführer von Brasilien erwarb. Seine Frau ließ sich die Haare blond färben und kaufte zwei große Koffer ...

Im Fußballverein brach Panik aus.

»Die Lage ist ernst«, gab der Kassenwart zu. »Ein Spitzenspieler wie Pomeranz bringt dem Fußballbund jährlich runde 60 Millionen, und trotzdem plant der Halunke, sich ins Ausland abzusetzen, nur weil man ihm dort schmutziges Geld anbietet. Was können wir tun, damit er bleibt? Was, um Gottes willen, sollen wir nur tun?«

Die Frage war berechtigt. »Bettel-Eintracht« hatte in letzter Zeit verschiedentlich versucht, neue Strukturen einzuführen. Nach der Niederlage gegen »Real-Kamerun« (1:7) wurde der Verwaltungsapparat reorganisiert, im Zuge des Personalabbaus 32 neue Mitarbeiter eingestellt und fünf Millionen Dollar in eine zusätzliche Büroetage investiert. In dieser kritischen Zeit wanderten zwei Vorstopper, ein Stürmer und ein gut erhaltener Rechtsaußen nach Australien, Spanien und Ghana aus. Im Verein reagierte man unverzüglich. Das Gehalt des Nationaltrainers aus Albanien wurde um 900 Dollar pro Woche erhöht und die Zahl der Betreuer verdoppelt.

Aber auch das half nicht weiter.

Was kann getan werden? Was kann nur getan werden, damit sie bleiben?

»Bettel« unternahm einen letzten, verzweifelten Versuch, seinen Star zu halten. Der Vereinspräsident bat Pomeranz um ein Treffen im Stadtpark, und dort hinter einem Gebüsch, ohne Augenzeugen, versprach er ihm eine geheime Prämie von 4,70 Dollar für jedes von ihm geschossene Tor, bar auf die Hand.

»Sie schießen 200 Tore im Monat«, erklärte der Präsident, »das macht gut und gerne 940 Dollar …«

Als er Anzis Enttäuschung sah, erhöhte der Präsident sein Angebot durch eine Unentschieden-Zulage von 3,10 Dollar. Anzi reagierte prompt.

»500«, sagte er, »im voraus.«

»Unmöglich.« Der Präsident fiel fast in Ohmacht. »Das wäre ein folgenschwerer Präzedenzfall.«

»Der Mittelstürmer Maradona wurde von der Stadtverwaltung von Buenos Aires doch auch zum stellvertretenden Wirtschaftsberater ernannt.«

»Wir leben nicht in Brasilien, Pomeranz.«

Die Bewachung Anzis wurde ab sofort durch acht weitere Detektive verstärkt. Die Erhaltung des gewaltigen Apparats zur Fluchtverhinderung belastete das Budget des Fußballvereins zwar enorm, aber was tut man nicht alles für seine Spitzensportler.

An jenem schicksalhaften Samstag trat Anzi nur dank der außergewöhlichen Wachsamkeit seiner Aufpasser beim Spiel gegen »Dynamo-Vorwärts« an.

Alles war perfekt organisiert. Drei Beamte gaben in den frühen Morgenstunden über Funk bekannt, Frau Pomeranz habe das Haus mit den zwei Koffern verlassen. Innerhalb von zwanzig Minuten meldete die Flughafenleitung, daß für den Flug nach Lissabon ein unbekannter Passagier telefonisch eingecheckt hätte. Der Rest ist bekannt. Das Flugzeug wurde konfisziert, die Grenzen geschlossen. Um 13 Uhr verließ der Spieler sein Haus und stieg in ein Taxi, in dem er bereits von zwei Assistenten des Trainers erwartet wurde, die ihm mit einem Schraubenschlüssel zwei heftige Schläge auf den Kopf verpaßten. Anzi kam erst in der Mannschaftskabine wieder zu sich, wo der Trainer ihn bereits mit gezogener Pistole erwartete:

»Bei der ersten verdächtigen Bewegung knalle ich dich ab wie einen räudigen Hund«, erklärte er dem taumelnden Spieler. »Los, raus aufs Spielfeld!«

Pomeranz protestierte nur schwach:

»Wenigstens 12 Dollar Gehorsamszulage in der Woche …«

»Nicht einen einzigen Heller mehr. Die Vereinskasse ist leer. Du hast schließlich einen Vertrag.«

»Macht mich wenigstens zum Honorarkonsul, so wie Beckenbauer …«

»Raus!«

Anzi begab sich mit seiner Mannschaft aufs Spielfeld, wo ihm 80 000 Fans zujubelten, die jeder 60 Dollar bezahlt hatten, um ihn zu sehen. Inzwischen hatte sich herumgesprochen, daß die Anwälte des Vereins eine Einstweilige Verfügung gegen die Ausreise Anzis erwirkt hatten, mit der Begründung, hier handle es sich streng genommen um Kapitalschmuggel.

Den Rest der Geschichte erfuhr jeder Fernsehzuschauer live aus der Sportschau:

»… 19. Spielminute, Anzi ist am Ball«, schrie der Kommentator begeistert ins Mikrophon, »er entwischt seinen Bewachern, rast die Seitenlinie entlang, befreit sich mit atemberaubendem Trippeln von zwei Vorstoppern, stürmt rechts am Schiedsrichter vorbei, noch immer ist er am Ball, er überquert die Außenlinie, rennt schwungvoll die Tribüne hoch, stößt drei Zuschauer zur Seite, läuft am Trainer vorbei, klettert wie ein Wiesel den Zaun hoch und springt aus dem Stadion, meine Damen und Herren, in der 21. Spielminute ist Pomeranz geflüchtet …«

Das Publikum bejubelte diese beeindruckende sportliche Leistung, rasch stellte sich aber heraus, daß Anzi vor dem Stadion aufgehalten worden war. Die Funktionäre von »Bettel« hatten ihn mit einem großen Netz eingefangen. Der Verein saß halt doch am längeren Ast.

»Anzi, mach keinen Blödsinn«, fauchte der Vorsitzende, während er das Netz mit dem Mittelstürmer zurück auf das Spielfeld zog. »Du kriegst ab November fünfeinhalb Dollar Friseurzulage und ein Salamibrot mit Käse vor jedem Spiel ...«

Im Stadion herrschte Chaos. Der Torwart von »Dynamo-Vorwärts« wollte die Verwirrung nutzen, die durch Anzis Fluchtversuch entstanden war, um durch den Hinterausgang zu Mönchen-Gladbach zu wechseln, konnte aber im letzten Moment verhaftet werden. Der Präsident bot ihm unverzüglich eine einmalige Verbleibprämie an. Der Schiedsrichter wurde auf den Vorfall aufmerksam und pfiff einen Elfmeter wegen eindeutigen Fauls gegen die Amateurregeln.

Wer wird den Elfmeter schießen?

»Anzi! Anzi! ...«

Pomeranz legte den Ball langsam vor sich, nahm Anlauf und schoß ihn direkt in den Rasen. Der Ball blieb unverletzt ...

»Was soll das?« entsetzten sich die Fans. »Das ist nicht unser Anzi. Das ist ein anderer ...«

Und tatsächlich, erst jetzt bemerkte man, daß der Spieler dort unten klein, schmächtig und langmähnig, Anzi hingegen ein glatzköpfiger Riese war ...

Dies geschah in der 38. Spielminute.

Der echte Pomeranz hatte zehn Minuten vorher zu Wasser das Land in einem kleinen Motorboot verlassen.

Die Flucht war minutiös geplant gewesen. Anzi war den Zaun hochgeklettert, und oben hatte bereits eine andere Person gewartet, die, als Anzi verkleidet, in das gespannte Netz gesprungen war. Die gewonnene Zeit hatte es Pomeranz ermöglicht, den Hafen zu erreichen. Der Platz im Flugzeug nach Lissabon war eine Tarnung gewesen, im Koffer waren Bälle. Er ist gar nicht verheiratet …

Mit der Frühmaschine flog eine Delegation von vierzehn Sportfunktionären unter der Führung des Parlamentsvorsitzenden und des Finanzministers gleich am nächsten Tag nach Rio de Janeiro und fing Pomeranz in der Hotellobby ab.

»Anzilein«, flehte ihn der Finanzminister an, »du fehlst uns, bitte komm zurück …«

»Fällt mir nicht im Traum ein«, erwiderte Anzi. »Ich habe ein Angebot von ›Union-Esmeralda‹ mit 16 200 Dollar pro Woche.«

»Wenn es pro Monat wäre«, flüsterte der Vereinspräsident, »dann könnten vielleicht auch wir …«

»Außerdem bin ich mit 50 Prozent an den Honoraren des Bestsellers ›Ich war das Double von Pomeranz‹ beteiligt.«

»Ich«, stotterte der Parlamtensvorsitzende, »ich schreibe dir ein Vorwort … und ein Nachwort … Was können wir noch tun …«

»Puskás«, entgegnete Anzi, »der Mittelstürmer der ungarischen Wundermannschaft wurde seinerzeit zum Generaloberst der Armee ernannt.«

»Das wird bei uns nicht so ohne weiteres möglich sein. Fällt dir nichts anderes ein?«

»Doch. Macht mich zum Parteiabgeordneten.«

»Welcher Partei«, hakte der Minister vorsichtig nach, »welche meinst du?«

»Ihre.«

Vorgestern nachmittag brachte der Abgeordnete Anzan Pomeranz in einem halbstündigen Vortrag seinen ersten Gesetzesantrag ein. Während seiner Jungfernrede saßen im Saal zwei Parlamentsmitglieder, der Regierungsabgeordnete Gurnischt, der eingeschlafen war, und die Stenographin. Anzi forderte nachdrücklich eine umgehende Steuerreform und erntete am Ende herzlichen Beifall von der Stenographin.

Die Steuerreform wurde natürlich nicht umgehend durchgeführt. Die Rede des Abgeordneten A. Pomeranz hatte zwar bleibenden Eindruck hinterlassen, aber in derselben Legislaturperiode hatten bereits einundzwanzig Abgeordnete umgehende Steuerreformen gefordert, und es war ihnen zugesichert worden, daß es nur eine Frage von Stunden wäre.

Die Steuer ist nämlich kein Nebenprodukt der Macht, sondern ihr Inhalt. Die römischen Kaiser haben mit Hilfe ihrer germanischen Söldner den Plebs Mores gelehrt, heutzutage läßt sich so etwas mühelos durch die Einkommens- und Mehrwertsteuer erreichen. Das Problem ist nur, wie so oft in der Politik, daß in dieser heiklen Angelegenheit beide Seiten im Recht sind, weil die Behörden den mächtigen Beamtenapparat mit seinen zahllosen Filialen durchfüttern müssen, andererseits die Steuerzahler viel lieber für ihre eigenen Kinder als für die des Finanzministers arbeiten.

Der Dauerstreit zwischen den beiden Seiten endet meist mit einem Unentschieden.

»Master«, beschwert sich der Eingeborene, »wir zahlen bereits mehr Steuern, als wir verdienen.«

»Dann arbeite eben mehr.«

»Wozu sollte ich?«

»Um deine Familie zu ernähren, du Dummkopf.«

Unentschieden.

»Ich hab heute einen guten Tag«, sagt der Master. »Ich senke den Spitzensteuersatz auf 89 1/2 Prozent. Um die privaten Investoren zu ermutigen, versteht sich.«

»Gott segne dich, Master.«

Manchmal aber greift das Finanzamt den Eingeborenen sogar unter die Arme. Wie kürzlich im Falle lediger Familienväter mit Kindern über 50 Jahren, die 9,2 Prozent Ermäßigung bekamen. Die Hasenfüße unter den Bürgern jedoch zahlen weiterhin bis zum letzten Groschen.

»Chef«, sagt der Hasenfuß. »Ich habe ganz einfach Angst zu betrügen.«

»Dann, mein Kleiner, bist du nicht ganz bei Trost.«

»Kann sein, Master. Ich war auch schon beim Arzt.«

»Und was hat er gesagt?«

»Barzahlung ohne Quittung.«

Das Geheimnis der »Kabbala«

Mit diesem Stichwort sind wir ganz unabsichtlich zur altbekannten Lehre der jüdischen Mystik, der »Kabbala« vorgedrungen. »Kabbala« ist ein hebräisches Wort, und nur die Eingeweihten wissen, daß es nichts anderes bedeutet als »Quittung«. Ganz im Ernst. Ehrenwort. »Kabbala« heißt Quittung.

Es ist daher gar nicht überraschend, daß diese mystische Glaubenslehre zahllose Anhänger findet, denn nicht nur das Judentum hat im Laufe der Jahre eine Allergie gegen jegliche Art von Quittungen entwickelt. Und die Eingeweihten, die »Meister der Geheimnisse«, haben es in der Lehre der »Kabbala« sogar soweit gebracht, daß sie ohne Quittungen welcher Art auch immer ganz sorglos leben können.

Die Lehre des Verborgenen hat sich inzwischen in allen Bereichen des öffentlichen Lebens durchgesetzt. Die

Gründe sind leicht zu durchschauen. Um eine Summe als Ausgabe von den Steuern abzusetzen, ist eine Quittung erforderlich. Doch wer eine Quittung ausstellt, hat ein verbuchtes Einkommen und muß dafür Steuern zahlen. Quittung bedeutet Steuern. Steuern bedeuten nach den Worten der »Kabbala« Anarchie, und wer will die schon.

Für alle, die die kabbalistische Lehre noch immer nicht begriffen haben, hier ein einfaches Beispiel: ein Handwerker, der eine Schreibmaschine repariert, wird um eine Quittung gebeten, ergo muß er Steuern zahlen, weil der Besitzer der Schreibmaschine die Reparaturkosten als »Büroausgaben« absetzen kann.

Hingegen sind die Reparaturkosten unserer alten Nähmaschine nicht absetzbar, außer die beste Ehefrau von allen wäre Schneiderin, was sie nicht ist. Der zuständige Handwerker müßte also im geschilderten Fall keine Quittung ausstellen und daher auch keine Steuern zahlen.

Schreiben ist gut für den Fiskus, Nähen schlecht. Mein Enkel wird Nähmaschinenreparateur oder Geheimagent. Die Mystik der »Kabbala« ist auf dem besten Weg, die ganze Welt zu erobern.

In einigen fortschrittlichen Ländern Südamerikas zum Beispiel ließ sich der Fiskus deshalb etwas Geniales einfallen: Die Mehrwertsteuerquittung dient gleichzeitig als Lotterielos, das zur Teilnahme an der monatlichen Auslosung des Finanzministeriums berechtigt. In Anlehnung an dieses Beispiel empfehlen wir den diensthabenden Finanzministern, die Quittung als Eintrittskarte für »Holiday on Ice« oder den Zirkus Krone zu gestalten, eventuell auf der Rückseite ein Horoskop aufzudrucken oder, auf Probe, die musikalische Quittung für Walkmanbesitzer einzuführen.

Irgend etwas muß ohne Zweifel geschehen, um die geheimen »Kabbala«-Worte der Eingeweihten zu erfüllen: »Kein Heller diesen Gangstern.«

Herr Ivan G., unser Nachbar aus dem 2. Stock, zählt zwar nicht zu den Verborgenen, aber ich glaube, man muß ihn dennoch nicht vorstellen. Sein Ruf eilt ihm voraus. Er ist eine vielschichtige Persönlichkeit, und um ihn richtig einzuschätzen, muß man zwischen Ivan G., dem Menschen, und Herrn G., dem Ökonomen unterscheiden.

Ivan G., der Mensch, ist ein ziemlich einfältiger Kerl, ungebildet und glücklos. Als Wirtschaftsexperte ist Herr G. jedoch ein Star am Firmament, der geborene »Wirtschaftshellseher«, dessen Prognosen sich auf wunderbare Weise verwirklichen. Woher kommt dieser ökonomische Weitblick? Woher hat er diese einmalige Gabe? Das weiß keiner.

Herrn G.'s Einschätzung ist stets kurz, aber treffend. Als die Regierung seinerzeit eine Politik der ökonomischen Mäßigung namens Deflation einführte, erklärte er: »Die Regierung wird uns damit noch schreckliche Sorgen bereiten.« Und tatsächlich, niemand wird bestreiten, daß uns allen die Deflation schreckliche Sorgen bereitet hat. Und das ist noch nicht alles. Nur wenige Minuten nach der Einführung der Besteuerung von Börsengewinnen hatte G. die Sache bereits durchschaut: »Die Regierung macht schrecklichen Blödsinn«, und wirklich, um es vorsichtig auszudrücken, es handelte sich dabei um keine besonders gelungene Anordnung.

Jetzt reisen bereits Fachleute aus aller Herren Länder an, um G.'s Eingebungen an Ort und Stelle zu erleben. Nach der Regierungserklärung zur neuen Wirtschaftsreform war G. geradezu in Hochform: »Die Regierung wird damit eine schreckliche Pleite erleben, es gibt keinen Ausweg«, sagte er, und wer möchte bestreiten, daß vermutlich kein Ausweg in Sicht ist. Vor kurzem wurden fast alle langfristigen Sparprogramme aufgehoben. »Die Regierung macht einen schrecklichen Fehler«, urteilte G. Und wirklich, diesen Fehler könnte man als schrecklich bezeichnen.

Und so wurde unser Nachbar aus dem 2. Stock zu einem der berühmtesten Wirtschaftsexperten. Er schreibt regelmäßig Kolumnen für internationale Presseorgane und hält Vorträge vor ausverkauften Sälen, immer dann wenn die Regierung versucht, ein neues Wirtschaftsprogramm einzuführen. Und G. prophezeit stets, und seine Prophezeiung geht stets unvermeidlich in Erfüllung.

Es ist nicht mehr zu bezweifeln, G. ist ein Phänomen. In Fachkreisen nennt man ihn darum »Ivan den Schrecklichen«. Gerüchten zufolge war schon seine Mutter eine angesehene Kartenlegerin.

Auf der Suche nach der verlorenen Zeit

Ich traf ihn durch Zufall. Eines Tages kam er zu uns, stellte sich als Gerschonowitz oder so ähnlich vor und fragte, ob ich nicht vielleicht jemanden brauchte, der mir bei meiner schriftstellerischen Arbeit helfen würde. Seine Stimme klang ehrlich und sympathisch, mitsamt einem kleinen Lispeln, und da er sonst einen seriösen Eindruck machte, bot ich ihm an, die Korrekturabzüge meines neuen Buchs zu lesen.

»In Ordnung«, sagte Gerschonowitz. »Wann soll ich sie holen?«

»Morgen um zehn.«

»Kein Problem.«

Pünktlich um zehn erschien er. Ein ordentlich gekleideter Mann, Anfang 40, Krawatte, eine schwarze Aktentasche als Statussymbol. Brillenträger. Lispler. Gerschonowitz.

Er nahm die Korrekturabzüge, sagte »Danke« und am nächsten Morgen brachte er die Abzüge zurück. Einige Druckfehler hatte er allerdings übersehen, genau betrachtet sogar eine ganze Menge, aber die Hauptsache war schließlich, daß er die Abzüge selber geholt und selber zurückgebracht hatte. Das ist es, was heutzutage zählt.

Ich fragte nach der Höhe seiner Honorarforderung.

»Kein Problem«, antwortete er und erkundigte sich, ob ich vielleicht mehr Arbeit für ihn hätte.

Beeindruckt von seinem Angebot, schickte ich ihn in die Druckerei, zur Überprüfung der Korrekturen.

»Mach ich«, sagte er. »Kein Problem.«

Gerschonowitz verbrachte vier Tage in der Druckerei, täglich von 9.30 Uhr bis 18 Uhr. Dann kam er wieder und fragte, was ich als nächstes für ihn hätte.

Ich würde ihn anrufen, sagte ich und bat um seine Telefonnummer. Er gab mir die Nummer der Feinkosthandlung im Nebenhaus, nicht ohne mich darauf hinzuweisen, daß der Feinkosthändler nur sehr ungern Anrufe übernähme.

»Es wäre besser, wenn ich Sie anrufe«, sagte er.

»Kein Problem.«

Schon am nächsten Morgen rief er mich an. Ich hatte zwei Aufträge für ihn. Er sollte um 10.30 Uhr zum Zoll gehen, um eine Büchersendung aus Europa freizubekommen, und die beste Ehefrau von allen ließ ihn überdies bitten, ein Paar Schuhe aus der Reparatur zu holen.

»In Ordnung«, sagte Gerschonowitz, und ich glaubte zu hören, daß er auch noch »Kein Problem« hinzufügte.

Um diese Zeit machten wir uns bereits Sorgen, was wir denn täten, wenn er uns eines Tages abhanden käme. Wir besaßen weder seine Adresse noch irgendwelche anderen Personalien. Alles, was wir von ihm wußten, war der telefonfeindliche Feinkosthändler im Nebenhaus. Nicht einmal seines Namens waren wir völlig sicher. Meine Frau behauptete, er hieße gar nicht Gerschonowitz, sondern Gerschonowski, nur schämte er sich dafür. Wie immer, wir mußten ihn beschäftigen.

Ich fragte ihn, ob er auf meinen Enkel aufpassen würde.

Gerschi stimmte zu, saß getreu und geduldig von 8 bis 14 Uhr vor dem Schulgebäude, brachte meinen Enkelsohn nach Hause und begleitete meine Enkeltochter zur Eurythmiestunde. Dabei blieb es fortan an jedem Dienstag und Freitag. Wir wußten nicht mehr, wie wir ohne Gerschi auskommen sollten.

»Wer ist er eigentlich?« fragte ich mich manchmal. »Woher kommt er?«

Ich hielt mich an die Meinung der besten Ehefrau von allen:

»Woher er kommt, ist egal, solange er kommt.«

Das unterschied ihn in der Tat von allen Lebewesen, die wir kannten. Er war immer bereit, zu kommen und zu gehen, zu holen und zu bringen, ein wahrhaft unabhängiger Mensch, ohne Bindung an Zeit und Raum. Einmal verbrachte er volle 48 Stunden am Flughafen, um auf meinen Onkel aus Amerika zu warten. Im Winter vertrat er mich am Vormittag auf einem Begräbnis, half mir am Nachmittag bei der Lösung eines Kreuzworträtsels und sprang am Abend als Babysitter ein. Sein Honorar bewegt sich, natürlich ganz ohne Quittung, an der ständigen Höhe keines Problems, seine Dienstleistungen erfolgen prompt und zuverlässig. Er kommt niemals zu spät, er kommt niemals zu früh, er kommt und ist da.

Allmählich fiel auch meiner Frau etwas auf.

»Jetzt haben wir ihn schon seit zwei Jahren, und wissen noch immer nicht, wen wir eigentlich haben.«

Wir zogen Erkundigungen ein. Sie blieben ergebnislos.

Wir versuchten jemanden zu finden, der ihn ständig im Auge behalten würde, aber niemand außer Gerschi war verfügbar.

Endlich beschloß ich zu handeln. Ich lud ihn zu einem Privatgespräch ein.

»Gersch, Sie gehören zur Familie. Es wird Zeit, daß Sie uns sagen, wer Sie sind und was Sie treiben.«

Gerschi fingerte verlegen an seiner schwarzen Aktentasche.

»Wissen Sie, die Sache ist die, daß ich in meiner Freizeit, kurz und gut, ich muß mein Gehalt ein wenig aufbessern.«

»Was für ein Gehalt?« fragte ich.

»Ich bin Regierungsbeamter«, sagte Gersch und fügte hinzu »Kein Problem«.

So ist es. Der Kampf um den angemessenen Lebensstandard zwischen den Behörden und dem Mann auf der Straße begann vermutlich bereits im Steinzeitalter und ist endlos wie das Universum.

Unsere politischen Führer appellieren mit schöner Regelmäßigkeit alle drei Monate mit den folgenden aufmunternden Worten an das Gewissen der Bevölkerung: »Wenn der Lebensstandard im gleichen Maße weiter steigt, droht unvermeidlich der Staatsbankrott. Wir dürfen nicht jetzt schon unsere Zukunft, ja die Zukunft unserer Kinder verkonsumieren.«

Kaum hört die Bevölkerung etwas von »konsumieren«, so strömt sie in das nächstgelegene Restaurant, bestellt Cordon bleu mit Mayonnaisesalat und per Internet eine Stereoanlage mit Quadrosound, einen amerikanischen Kühlschrank mit Eiswürfelautomat, zwei Doppelklappbetten und ein computergesteuertes Harmonium Made in Taiwan, das man auch als Aquarium nutzen kann.

Der Legislative bleibt nichts anderes übrig, als die Mehrwertsteuer zu verdoppeln, neue Einfuhrzölle und Zwangsanleihen einzuführen und die Postgebühren um 37,1 Prozent anzuheben.

Dann tauscht der Pöbel sein Auto gegen ein neues Modell und bucht einen Gruppenflug nach Hongkong, um dort digitale Videokameras und Handys mit Faxanschluß zu erstehen.

Führende Persönlichkeiten aus Politik und Wirtschaft warnen eindringlich: »Das Öl versiegt, die Bodenschätze werden knapp und der Export stagniert. Das einzige, was wir haben, sind jährlich 9,5 Milliarden Dollar Defizit im Staatsbudget.

Wir alle, alle müssen den Gürtel enger schnallen!«

Der Wundergürtel

»Meine ganz spezielle Verehrung, Herr Ministerialrat. Womit kann ich dienen?«

»Ich bräuchte für meine Hose einen Gürtel, um ihn enger zu schnallen.«

»Wenn ich Sie richtig verstehe, dann haben Sie die Absicht, Ihren Lebensstandard zu senken.«

»Ganz richtig. Nur so können wir unsere ökonomische Unabhängigkeit erreichen!«

»Goldene Worte, Herr Ministerialrat, goldene Worte. Hier wäre zum Beispiel ein Gürtel, den ich Ihnen mit bestem Gewissen empfehlen kann. Es handelt sich um ein Modell aus handgenähtem Ziegenleder.«

»Sehr hübsch, aber haben Sie nichts Besseres?«

»Selbstverständlich. Wie würde Ihnen dieses italienische Exportmodell aus waschechtem Tapirleder gefallen? Die Schnalle ist aus feinstem Silber, absolut reißfest, besonders geeignet für Bankette und Kongresse.«

»Nein, so was trägt heute schon jeder. Ich hätte gerne etwas Besonderes.«

»Ich glaube, dann hätte ich hier das Richtige für Sie, Herr Ministerialrat. Dieser beidseitig verzierte amerikanische Luxusgürtel aus Nashornleder kommt auch dem verwöhntesten Geschmack entgegen. Hier, an der Innenseite, finden Sie achtzehnkarätige Goldhaken zum Befestigen Ihrer Dienstwagenschlüssel.«

»Gibt es dieses Modell auch mit eingebauter E-Mail?«

»Ja natürlich, mit neun handgeschnitzten Transistoren. Aber zu meinem größten Bedauern hat sich die Lieferung aus der 5th Avenue verzögert. Ich erwarte sie erst gegen Anfang August.«

»Peinlich.«

»Ich bitte Sie, zur Kenntnis zu nehmen, verehrter Herr Ministerialrat, daß die Schuld nicht bei uns liegt. Es waren Mitarbeiter Ihrer werten Dienststelle, welche die Genehmigung der Importlizenzen aus Sparsamkeitsgründen verzögert haben.«

»Ich werde mich der Sache persönlich annehmen.«

»Sehr liebenswürdig, Herr Ministerialrat.«

»Also dann reservieren Sie mir ein Dutzend von diesen beidseitig verzierten amerikanischen Gürteln.«

»Mit größtem Vergnügen. Was den Preis betrifft ...«

»Der Preis spielt keine Rolle. Schicken Sie die Rechnung ans Wirtschaftsministerium.«

»Natürlich. Wie immer, Herr Ministerialrat.«

BEI OBERFLÄCHLICHER BETRACHTUNG SCHEINT ES, ALS OB SICH AN DEN REGELMÄSSIG WIEDERKEHRENDEN POLITISCHEN UND FINANZIELLEN SKANDALEN ÜBERHAUPT NICHTS ÄNDERT.

IRRTUM.
DAS DATUM
ÄNDERT SICH.

Spätestens hier stellt sich die Frage, wieso es Regierungen trotz ihres schlechten Rufs über Jahre hinweg nicht gelingt, die Wirtschaft zu ruinieren, ja nicht einmal das soziale Netz zu zerstören. Welches Geheimnis steckt dahinter?

Es gibt kein Geheimnis. Das Erfolgsrezept der politischen Elite heißt »Darlehen«, im Volksmund auch Geldausborgen genannt.

Im Zusammenhang damit steht ein Urgesetz, welches besagt, daß jeder demokratisch gewählte Politiker bestrebt ist, bis zu seinem Tode, oder wenn möglich auch darüber hinaus, immer wieder gewählt zu werden. Daher muß er in seiner Amtszeit jeden unpopulären Schritt möglichst vermeiden. So ein Schritt könnte zwar die Wirtschaft gesunden lassen, aber sie könnte den Wähler irritieren. Vom Standpunkt des autoritären Politikers aus gesehen ist es zielführender, die Wirtschaft zu irritieren und dafür den Wähler gesundzustoßen.

Und wie macht man das?

Das klassische Muster dafür hat der erfolgreichste österreichische Kanzler rein sozialistischer Abstammung, Bruno Kreisky, geliefert. Seine Methode, eine Wirtschaft voll erblühen zu lassen, nennt man in Fachkreisen »Unternehmen Nach-Mir-die-Sintflut« oder kurz »Das große Kreisky-Gambit«.

Der sozialpolitische Grundgedanke ist denkbar einfach:»Ich bin jetzt 65 Jahre alt, also ein junger Politiker«, sagt sich der Mann im Regierungspalast. »Wenn nichts dazwischenkommt, kann ich mein hohes Amt noch gute zehn Jahre lang bekleiden. Nach den Berechnungen der Sachverständigen bricht die Wirtschaft meines Landes erst dann zusammen, wenn die Staatsschuld, inklusive Zinsen und Zinseszinsen, die Höhe von rund 50 Milliarden Dollar erreicht haben wird. Das bedeutet, daß ich mir während meiner restlichen zehnjährigen Amtszeit bei den Banken, bei den Amerikanern und bei der russischen Mafia jährlich fünf Milliarden ausborgen kann, um sie in meine Popularität zu investieren. Demnach wird die Wirtschaft meines Landes frühestens zwei Minuten nach Abschluß meiner äußerst erfolgreichen Regierungszeit, also erst nach der Amtsübernahme durch meinen untalentierten Nachfolger, mit ohrenbetäubendem Krach zusammenbrechen, aber das ist nicht mehr mein Problem. Inzwischen lebe ich wie der Herrgott im Paradies.«

Notstand in Zambia

»Herr Außenminister, Sie wollten daran erinnert werden, daß morgen seine Exzellenz, der Kanzler, in unserem Land eintrifft.«

»Zambia wird ihn mit allen gebührenden Ehren empfangen. Hat unser Blasorchester schon die Noten ihrer Hymne erhalten?«

»Leider nicht. Aber ein Exportkaufmann hat sich bereit erklärt, unseren Musikern die Hymne so lange vorzupfeifen, bis sie sie blasen können.«

»Wir werden auch noch das Ausrollen des roten Teppichs proben müssen. Reicht er bis zum Flugzeug?«

»Wenn es gleich neben dem Flughafengebäude stehenbleibt, ja.«

»Wir werden siebzehn Kanonenschüsse brauchen.«

»Selbstverständlich, Exzellenz. Wir haben uns schon die Kanone von Nigeria ausgeborgt.«

»Gut, dann wollen wir also die Details des Empfangs festlegen. Der Kanzler wird mit seiner Begleitung die Ehrengarde unserer Fallschirmjäger abschreiten, anschließend begeben sich die Herren in den VIP-Raum. Wie groß ist die Begleitung des Außenministers?«

»Vierzig Personen, Exzellenz.«

»Also, dann wird im VIP-Raum ein Begrüßungsumtrunk ... Wie viele haben Sie gesagt?«

»Vierzig Begleiter, Exzellenz. Diese wiederum werden von weiteren dreißig Begleitern begleitet.«

»Warum so viele?«

»Damit sich das Charterflugzeug amortisiert.«

»Was soll das? Wollen diese Leute Zambia erobern?«

»Soviel ich weiß nicht, Exzellenz. Aber sie reisen gern.«

»Wenn ich mich recht entsinne, bestand die Begleitung der Queen Elizabeth aus zehn oder zwölf Leuten.«

»Kein Wunder, Exzellenz, in Großbritannien gibt es nur drei Parteien.«

»Könnten wir nicht lieber die Queen wieder einladen?«

»Sicher, aber nicht für morgen. Soviel ich weiß, wurden unsere Gäste schon geimpft.«

»Alle siebzig?«

»Fünfundsiebzig. Mit dem Kanzler, seiner Gattin, den Zwillingen und dem Kindermädchen.«

»Wie sollen wir die in die Stadt transportieren?«

»Ich habe bereits alle zambischen Kraftfahrzeuge konfiszieren lassen.«

»Das wird nicht genügen.«

»Man könnte die Gäste vielleicht in zwei oder drei Schichten befördern.«

»Gut, aber wo werden wir sie unterbringen?«

»Dieses Problem ist noch nicht konsequent durchdacht worden. Ich fürchte, daß wir das Wohnviertel der Stadt beschlagnahmen müssen.«

»Und was machen wir mit den Bewohnern?«

»Die könnten wir in den Urwald transportieren, bis alles vorbei ist.«

»Also dann wäre das wenigstens gelöst. Sagen Sie, essen diese Leute viel?«

»Alles deutet darauf hin, daß sie sich eines gesunden Appetits erfreuen, Exzellenz.«

»Entsetzlich.«

»Ich habe gehört, daß die Regierung der Elfenbeinküste nach ihrem letzten Staatsbesuch bei der UN um Nahrungsmittelhilfe ansuchen mußte, um eine Hungersnot zu vermeiden.«

»Wenn ich das früher gewußt hätte. Sagen Sie mir, wer begleitet eigentlich den Kanzler?«

»Hier ist die Liste, Exzellenz.«

»Lassen Sie mich nachsehen. Also zwei Generaldirektoren, vier Nebendirektoren, drei Stellvertretende Nebendirektoren, erster Sekretär, zweiter Sekretär, dritter Sekretär, vierter und sechster. Siebzehn Fotografen, dreiundzwanzig Journalisten, ein Zauberer, ein fünfter Sekretär, zwei Ärzte. Wieso zwei Ärzte?«

»Wenn einer von ihnen krank wird, behandelt ihn der andere, Exzellenz.«

»Aha. Vier Landwirtschaftsexperten, zwei Steuerberater und zehn Experten für staatliche Sparförderungsmaßnahmen. Ja, das ist bekannt, auf dem Gebiet des Sparens sollen sie führend sein.«

»Dann hätten wir noch fünf Gewerkschaftsfunktionäre sowie drei Versicherungsagenten, acht Feuerwehrleute und Birnbaum.«

»Wer ist Birnbaum?«

»Herr Birnbaum ist versehentlich mitgefahren. Er wollte eigentlich nach New York reisen, wurde jedoch auf dem Flughafen von der Begleitung des Außenministers in das Charterflugzeug gespült.«

»Du meine Güte! Die Ehrentribüne …«

»Daran habe ich auch schon gedacht, Exzellenz. Die Ehrentribüne wird ringsherum mit Eisenträgern verstärkt und erhält ein neues Betonfundament. Und dem Gästebuch habe ich drei weitere Bände hinzugefügt.«

»Jetzt fragt sich nur noch eines: Wo sollen wir die Verleihung der Ehrendoktorwürde an den Kanzler vornehmen?«

»Im Fußballstadion.«

»Sehr gut. Ist sonst irgend etwas vorgesehen?«

»Jawohl, Exzellenz. Die Mitglieder der Delegation beabsichtigen, ihre Verwandten in Zambia zu besuchen.«

»Interessant. Wie viele Verwandte gibt's?«

»Drei Familien, Exzellenz. Allerdings sind zwei dieser Familien, nachdem sie von der Ankunft der Delegation gehört haben, spurlos verschwunden.«

»Und die dritte?«

»Steht unter Hausarrest.«

»Sehr gut. Jetzt bleibt nur noch zu hoffen, daß sich unsere Wirtschaft innerhalb der nächsten Jahre von den Folgen dieses Staatsbesuches erholt.«

»Man darf die Hoffnung nie aufgeben.«

»Ist die Begrüßungsansprache des Präsidenten schon schriftlich fixiert?«

»Jawohl, Exzellenz. Er kann sie zum Teil schon auswendig.«

»Was wird er sagen?«

»Der Präsident wird unser aller Gefühle mit folgenden Worten zum Ausdruck bringen: ›Ich begrüße im Namen meiner untertanen Zambier die Männer, Frauen und Kinder unserer Gäste. Mit Stolz darf ich den Kanzler darauf hinweisen, daß noch zu keinem Zeitpunkt der Menschheitsgeschichte so viele für so kurze Zeit so wenige besucht haben. Viel Glück und raschen Rückflug.‹«

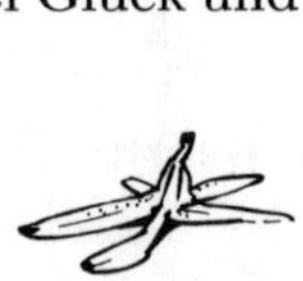

Der geschilderte Staatsbesuch wurde vielleicht sogar vom Leser persönlich finanziert. Ziemlich sicher sogar. Es gehört ja zu den Merkwürdigkeiten politischer Spielregeln, daß dort, wo die kleinen Leute schuften und schwitzen, die Jagdgründe der Großen liegen, der glitzernde Lunapark der öffentlichen Mittel.

Projekte

»Direktor Schultwarm, bevor wir mit dem Verhör beginnen, möchten wir Sie darauf hinweisen, daß Sie nicht aussagen müssen. Der parlamentarische Finanzausschuß, vor dem Sie stehen, kann Sie nicht dazu zwingen.«

»Vielen Dank für den Hinweis, Herr Vorsitzender.«

»Bitte.«

»Kann ich jetzt gehen?«

»Gewiß. Wir hätten uns allerdings sehr gerne mit Ihnen über die Verluste Ihrer Investitionsgesellschaft unterhalten, die ja schließlich von der Regierung unterstützt wird, also gewissermaßen eine offizielle Stelle ist.«

»Woher wissen Sie, daß wir Verluste hatten?«

»Aus den Zeitungen, Herr Schultwarm.«

»Sie glauben, was in den Zeitungen steht? Die haben geschrieben, daß sich unsere Verluste auf 20 Millionen belaufen.«

»Und wie hoch sind Ihre Verluste wirklich?«

»Mindestens doppelt so hoch. Da sehen Sie selbst, was von Zeitungsmeldungen zu halten ist.«

»Wie sind Ihre Verluste zustande gekommen?«

»Das werden wir erst feststellen können, wenn wir alle Subventionen von der Regierung kassiert haben. Ich wäre dafür, daß wir vorläufig von einem kontrollierten Profitmangel sprechen.«

»Aber für einen Profitmangel muß es doch Ursachen geben? Woran liegt's?«

»Zumeist an den Umständen. Gelegentlich auch daran, wie sich die Dinge entwickeln. Es ist eine sehr heikle Angelegenheit, meine Herren.«

»Könnten Sie uns das vielleicht an einem Beispiel erklären?«

»Mit Vergnügen. Nehmen wir das Staudammprojekt in Sansibar. Ein vielversprechender Auftrag. Wir hatten gigantische Bauvorrichtungen installiert, hatten die waghalsigsten Konstruktionsprobleme gelöst, und dann kam eine Springflut, die alle unsere Berechnungen wegschwemmte.«

»Bauvorrichtungen welcher Art installieren Sie?«

»Abwehrdämme für Springfluten. Es war ein hochinteressantes Projekt.«

»Auf welche Weise haben Sie den Auftrag bekommen?«

»Wir arbeiten mit Vermittlern, wie die anderen regierungsnahen Unternehmen. Unsere Kalkulationen sind immer sehr korrekt. Von den Gesamtkosten des Projekts ziehen wir zunächst die voraussichtlichen Verluste unserer Gesellschaft ab.«

»In welcher Höhe?«

»Gewöhnlich veranschlagen wir 15 bis 50 Prozent Verlust. Da sind aber die Bestechungsgelder noch nicht inbegriffen.«

»Warum nicht?«

»Weil wir es vermeiden möchten, zwischenmenschliche Beziehungen mit harten Geschäftspraktiken zu belasten. Deshalb werden die Bestechungen in unsren Büchern gesondert aufgeführt.«

»Wo genau?«

»In meinem kleinen schwarzen Notizbuch. Hier, sehen Sie: ›An Muki 750 000 Dollar für Käfigzug.‹ Steht alles drin.«

»Was heißt Käfigzug?«

»Das weiß ich nicht mehr. Aber es war bestimmt ein hochinteressantes Projekt. Oder hier: Aga Khan 903 705, nein, Pardon, das ist seine Telefonnummer.«

»Stimmt es, daß Sie über 20 Millionen für Bestechungen ausgegeben haben?«

»Das ist eine besonders heikle Angelegenheit.«

»Immerhin möchten wir hören, wie das vor sich geht.«

»Sehr diskret. Unser Vertrauensmann begibt sich mit einem schwarzen Köfferchen voller Banknoten ins Ausland, zahlt an irgend jemanden irgendeine Summe, kommt zurück und meldet: ›Alles in Ordnung.‹ Das wichtigste ist, daß es keine Zeugen gibt, daß die ganze Sache still und taktvoll abgewickelt wird. In den meisten Fällen wissen wir nicht einmal, wer das Geld bekommen hat und wo. Nehmen wir den Fall des afghanischen Innenministers. In einer dunklen Nacht haben wir ihm 2 Millionen durch das offene Fenster geworfen, damit er uns den Auftrag für den Bau des afghanischen Kanalisationssystems erteilt.«

»Und das hat geklappt?«

»Nein. Wir entdeckten zu spät, daß dort nicht der Innenminister wohnte, sondern ein Innenarchitekt, der einige Tage danach ausgewandert ist. Wer kennt sich schon in einem afghanischen Telefonbuch aus?«

»Wie wurde der Verlust abgebucht?«

»Unter dem Kennwort ›Höhere Gewalt‹.«

»Bleibt immer noch zu klären, wen oder was Sie für Ihr Defizit verantwortlich machen.«

»Das Schicksal. Es hat viele unserer Pläne vereitelt. Vielleicht nicht mit Absicht, aber doch. Ich denke da etwa an die Auffüllung der nicaraguanischen Küste.«

»Was war das?«

»Ein hochinteressantes Projekt. Wir hatten uns mit der Regierung von Nicaragua auf 60 Millionen Cordobas geeinigt, zu einem Umrechnungsschlüssel von 1 Cordoba gleich 1 Dollar. Im letzten Augenblick wurde die einheimische Währung abgewertet und sank auf 1000 Cordoba gleich 1 Dollar.«

»Warum haben Sie keine Abwertungsklausel in Ihrem Vertrag gehabt?«

»Das war die Bedingung der nicaraguanischen Regierung. Sonst hätten wir den Auftrag für dieses hochinteressante Projekt nicht bekommen.«

»Bitte sagen Sie nicht immer ›Projekt‹, Herr Schultwarm. Der Ausdruck macht uns nervös.«

»Wie Sie wünschen. Es ist jedenfalls eine sehr heikle Angelegenheit.«

»Wurden Sie von der Regierung nie über Ihre Verluste befragt?«

»Ununterbrochen. Mindestens einmal im Monat erkundigte sich das Wirtschaftsministerium nach dem Stand der Dinge, und meine übliche Antwort lautete: ›Klopfen Sie auf Holz!‹ Ich habe diesen Vorschlag auch mehrmals schriftlich gemacht.«

»Aber auf die Dauer muß es doch zwischen den Regierungsbehörden und Ihnen zu Reibereien gekommen sein?«

»Und ob. Als wir den neuen Dalai Lama bestachen, um an der tibetanischen Agrarreform beteiligt zu werden, luden wir ihn nachher zum Mittagessen ein, und das Finanzministerium weigerte sich, die Rechnung zu übernehmen. Sie bewilligte uns nur 8 Dollar, und auch das nur unter der Voraussetzung, daß das Restaurant nicht weiter als 7 Kilometer vom Palast des Lama entfernt wäre. Es kam zu einer Auseinandersetzung. Schließlich appellierten wir an den Obersten Gerichtshof und erreichten eine Vergütung in der Höhe von 9,50 Dollar. Ich frage Sie, meine Herren, wie man unter solchen Umständen arbeiten soll.«

»Das ist in der Tat nicht ganz leicht.«

»Sie müssen sich außerdem vor Augen halten, daß wir weder Repräsentationsgelder noch Diäten bekommen. Was bleibt uns übrig, als Darlehen aufzunehmen? Allein die Zinsen für diese Darlehen belaufen sich auf eine Viertelmillion in der Woche.«

»Noch eine Frage, Herr Schultwarm. Wer bezahlt das alles?«

»Ich, meine Herren. Ich und die anderen Bürger unseres Landes. Ich komme ganz getreulich meinen Bürgerpflichten nach. Ich zahle meine Steuern, um das Schatzamt mit dem Geld zu versorgen, das zur Deckung der uns zugestandenen Garantien benötigt wird.«

»Wer, Herr Schultwarm, hat Ihrer Gesellschaft eigentlich diese Garantien zugestanden?«

»Sie.«

»Wir?«

»Jawohl, Sie. Der parlamentarische Finanzausschuß.«

»Es ist spät geworden, finden Sie nicht?«

»Allerdings. Und das Ganze ist eine sehr heikle Angelegenheit.«

»Wir danken Ihnen für Ihre Mühe, Herr Schultwarm. Nach den Wahlen reden wir weiter.«

»Ein hochinteressantes Projekt.«

Die Behörden haben zweifellos große Probleme, den ignoranten Massen die Bedeutung ökonomischer Projekte begreiflich zu machen. Doch auch die Toleranz des Pöbels hat ihre Grenzen. Öfter als dreimal pro Tag nimmt er »Kein Kommentar« nicht hin.

Um so mehr müssen Regierungen ihre Bürger theoretisch wie praktisch von der Effektivität ihrer zielbewußten wirtschaftspolitischen Strategie überzeugen. Im Geist dieser Mission besuchen Verteidigungsminister, von Pressekameras begleitet, verletzte Korporale im Spital, tritt der Kanzler in populären Talkshows wie »Halt die Klappe!« auf und besucht der Innenminister mit Gattin und Blumenstrauß Altersheime ab einer Größe von 200 Wählern.

Nichts bleibt unversucht. Die schützende Hand der Behörden stößt jedoch nicht selten auf den energischen Widerstand unbelehrbarer Bürger, die an kindischen wirtschaftlichen Vorstellungen festhalten, welche längst entsorgt gehören. Der kleine Mann hat noch immer nicht begriffen, daß sich das Blatt längst gewendet hat und alles anders ist, als er es sich in seiner Naivität vorstellt.

Nehmen wir nur das Beispiel Import und Export. Der ahnungslose Bürger hält Exportsteigerungen grundsätzlich für einen wirtschaftlichen Erfolg und wachsende Importe für eine Katastrophe. Bis heute hat er nicht verstanden, daß florierender Export für die Regierung außerordentlich lästig ist. Der bedauernswerte Finanzminister ist dazu verdammt, prosperierende Exportunternehmen zu fördern und dafür hohe Subventionen zu leisten, kurz, staatliche Gelder zum Fenster hinauszuwerfen. Andererseits läßt die üppige Einfuhr japanischer Motorräder, französischer Parfüms und spanischer Weine, um nur ein paar lebenswichtige Produkte zu nennen, Milliarden in Form von Zöllen, Gebühren und Luxussteuern in die hungrige Staatskasse fließen. Da gehen die Behörden keinerlei Risiko ein und ersparen sich gleichzeitig die lästigen Zudringlichkeiten ausländischer Investoren.

Auch mit den Staatsschulden verhält es sich ganz anders, als der kleine Mann sich das vorstellt. Horrende Auslandsschulden zeugen keineswegs von wirtschaftlicher Schwäche. Im Gegenteil. Neue Millionensubventionen stehen in direkter Relation zur Höhe einer Auslandsverschuldung. Die gefoppten Investoren in aller Welt müssen zähneknirschend mit neuen Darlehen dafür sorgen, daß der jeweilige Staat nicht völlig bankrott geht und dann gar nichts mehr zurückzahlen kann. Kurz und gut, sie werfen ihrem guten Geld neues hinterher.

Auch die einleuchtende Logik, daß Löhne und Gehälter im Vergleich zur Inflationsrate ständig sinken müssen, während Spielereien an der Wertpapierbörse eine zwar bescheidene, jedoch sichere Einnahme von bis zu 5000 Prozent im Jahr garantieren, hat die Allgemeinheit noch nicht verinnerlicht. Die Steuerzahler sollten sich gefälligst daran halten, was schon Sokrates seinen Schülern beibrachte:

»Für den Weisen, der die wahren Werte des Lebens erkannt hat, ist Geld nichts«, sagte der große griechische Philosoph. »Der Weise häuft Wertpapiere an.«

Auch heute gibt es noch ein paar Schafsköpfe, die ihre Energie und ihre kostbare Zeit Tag für Tag mit sinnloser Schufterei vergeuden, um ihre Familie zu ernähren, anstatt wie die Elite der Bevölkerung gemütlich Darlehen aufzunehmen oder in Aktien und Treuhandfonds zu investieren.

Wegen dieser Starrköpfigkeit wird diese rückständige Randgruppe von Arbeitssüchtigen auch weiterhin Tag für Tag in aller Frühe aufstehen und sich bis in die späten Abendstunden am Arbeitsplatz ärgern. Dafür wird sie dann mit dem vollen Einkommenssteuersatz und ein paar versteckten Steuern bestraft, während jene, die sich ihr Einkommen mit einigen Börsentelefonaten sichern, natürlich volle Steuerfreiheit genießen.

Eine verantwortungsbewußte Regierung ist jedoch für das Wohlergehen aller Untertanen verantwortlich. Das ist gar nicht so einfach. Es versteht sich von selbst, daß man nur durch behördliche Restriktionen die arbeitenden Randgruppen von ihrer üblen Gewohnheit abbringen kann. Wer aber unbedingt schuften will, um mit zwei Dritteln seines Gehalts das Finanzministerium zu subventionieren, anstatt sich mit Aktien und Wertpapieren ein schönes Leben zu machen – dem ist eben nicht zu helfen.

Ein kühl rechnender Bürger, der vor einem Jahr mit Treuhandfonds an der Börse spekuliert hat und dabei einen Jahresgewinn von 558 Prozent netto erzielte, ein solch fleißiger Bürger erfreut sich heute zurecht eines sorgenfreien Lotterlebens und ist weder für die Gesellschaft noch für den Staat eine Belastung. Um das zu begreifen, muß man wirklich kein Wirtschaftsexperte sein. Wenn man den Faden noch ein wenig weiterspinnt, wird man schnell begreifen, daß der Staat eigentlich jeden

Bürger über 18 Jahre per Verfassung, ähnlich der Schulpflicht oder Wehrpflicht, zwingen sollte, Wertpapiere und indexgebundene Treuhandfonds zu kaufen.

In Regierungskreisen meint man zwar, der gesunde Selbsterhaltungstrieb werde sich früher oder später schon durchsetzen. Aber sicher ist sicher, und ein gesetzlicher »Pflichtfonds« für die Bevölkerung ist von so überzeugender Logik, daß bald jeder halbwegs erfolgreiche Schüler zwischen zwei Pausenläuten mit dem Tretroller zur Börse fahren wird.

Erwischen und erwischen lassen

»Wer eine Seele rettet, rettet die ganze Menschheit«, sagten unsere Propheten, und sie wußten warum. Jetzt weiß ich es auch.

Vor einigen Monaten, es war ein verregneter Nachmittag, besuchte mich Herr Hermann Kalaniot aus dem zweiten Stock des Nachbarhauses links hinten und schüttete mir sein Herz aus.

»Ich bin 46 Jahre alt und habe noch gar nichts von meinem Leben gehabt. Seit über fünfzehn Jahren arbeite ich als staatlicher Aufseher in der Glockenspielabteilung, und ich kann mit meinem Gehalt nach Steuern meine Familie nur mit Müh und Not durchbringen. Das soll ein Leben sein? Morgens gehe ich in mein Büro, um zu arbeiten und Tee zu trinken, am Abend komme ich nach Hause, esse, schlafe, und dann geht es wieder von vorne los, Tag für Tag, seit fünfzehn Jahren das gleiche trostlose Spiel. Das Deprimierende daran ist, daß ich keinerlei Aussichten habe, irgendwann einmal eine Zeitlang nicht zu arbeiten, ein wenig Urlaub zu machen, mich zu amüsieren, etwas von der großen, weiten Welt zu sehen ...«

»Bekommen Sie denn keinen Urlaub, Herr Kalaniot?«

»Nur ein paar läppische Wochen im Jahr. Das ist doch so gut wie nichts. Kaum hat er begonnen, ist der Urlaub auch schon wieder zu Ende. Ich brauche ein, zwei Jahre zum Ausspannen, mindestens. Wissen Sie, wann ich den bekommen werde? Wenn man mich in Pension schickt, mit einer Rente von armseligen 58 Prozent meines Bruttolohns. Dann bin ich doch schon 65 Jahre alt. Und ich möchte das Leben jetzt genießen, heute, solange ich noch jung bin. Was soll ich nur tun?«

Ich dachte angestrengt nach.

»Herr Kalaniot«, sagte ich schließlich. »Da gibt's nur eines. Stehlen.«

»Nein«, antwortete mein Nachbar erschrocken, »das ist nicht mein Stil. Bitte halten Sie mich nicht für abnorm, aber ich habe gerne saubere Hände ...«

»Sie haben mich falsch verstanden«, unterbrach ich ihn. »Sie müssen nicht wirklich stehlen, sondern nur so tun. Sobald man Sie verdächtigt, wird man Sie für die Zeit der Ermittlungen vom Dienst suspendieren. Unsere Sozialgesetze sehen vor, daß Sie bis zum Abschluß der Ermittlungen Ihr volles Gehalt beziehen, und da der Fall wegen des Schadens für das Ansehen des Amts ohnedies nie abgeschlossen werden wird, können Sie noch in der

Blüte Ihrer Jahre über eine hundertprozentige Rente verfügen.«

Herrn Kalaniots Augen leuchteten auf. Er drückte mir fest die Hand und murmelte:

»Danke. Danke. Danke.«

Schon am folgenden Tag leitete Herr Kalaniot die nötigen Schritte ein. Er erstellte ein vollständiges Verzeichnis aller Lohnbezüge der Glockenspielabteilung, trug neben seinem Namen ein doppeltes Gehalt ein und vermerkte zusätzlich: »Hermann Kalaniot, Hauptglöckner, 500 Dollar monatliche Sonderzulage.« Diese Akte legte er sodann Direktor Schulthaupt vor, der den Bericht zufrieden grinsend unterschrieb. Herr Kalaniot verfaßte daraufhin einen neuen Bericht, in dem er sich 1000 Dollar Zulage im Monat genehmigte und seinen Namen mit Rotstift umrandete.

Kurz nachdem er die neue Liste erhalten hatte, stürmte Schulthaupt vor Wut fast platzend in Kalaniots Büro.

»Hermann Kalaniot«, schnauzte ihn der Direktor an, »was bedeutet der Kringel um ›Kalaniot 1000 $ im Monat?‹ Seit wann schmiert man mit Rotstift auf einem offiziellen Bericht herum? Sofort noch mal abschreiben, wenn ich bitten darf …«

Hermann Kalaniot gab nicht auf, wußte er doch, daß in Regierungsämtern aller Anfang schwer ist. Nach einigen Tagen legte er Schulthaupt eine Rechnung über »Bürobedarf« vor, die unter anderem den Vermerk enthielt: »Eine Strickkrawatte für mich, circa 1200 $.« Schulthaupt las die Rechnung durch und unterzeichnete sie ohne mit der Wimper zu zucken, obwohl Kalaniot unterdessen weiß wie die Wand, zitternd und mit rhythmisch klappernden Zähnen in der Ecke wartete.

Herr Kalaniot ging daraufhin nach Hause, schrieb wutentbrannt einen anonymen Brief an den Bürgermeister und wies auf den verdächtigen Sonderposten »Krawatte für mich« hin. Der Bürgermeister leitete das Schreiben an Direktor Schulthaupt zur weiteren Erledigung. Dieser eröffnete die erforderlichen Ermittlungen, und schon zwei Wochen später wurde Dr. Michael Salzberger aus der Kontrollabteilung vom Dienst suspendiert, da er gestanden hatte, der Verfasser des verleumderischen Briefes gewesen zu sein.

Herr Kalaniot suchte mich umgehend auf und stieß schluchzend hervor, er bekomme einen Nervenzusammenbruch, wenn er nicht sofort als Dieb entlarvt würde.

»Durchhalten«, beruhigte ich ihn, »nur Geduld. Ich bin überzeugt, daß es das Schicksal bald gut mit Ihnen meint und man Sie erwischt. Vielleicht sollten Sie auffälliger vorgehen?«

Am nächsten Tag bat Herr Kalaniot seinen Vorgesetzten um einen Termin und erklärte ihm kurz und bündig:

»Nehmen Sie bitte zur Kenntnis, daß alle lukrativen

Aufträge in meiner Abteilung künftig nur noch exklusiv von mir an mich vergeben werden.«

Der Vorgesetzte erhob sich von seinem Stuhl, drückte Hermann ergriffen die Hand und beglückwünschte ihn zu seinem Erfolg.

Nun wollte Kalaniot es endlich wissen. In seiner Verzweiflung verstreute er Geldscheine in seinem Zimmer, und eines Nachts brach er sogar in das Büro ein, leerte die Kasse und ließ eine Menge Fingerabdrücke und seinen Personalausweis zurück. Am nächsten Tag wurden mit großem Aufsehen, das Anlaß zu vorsichtiger Hoffnung gab, Ermittlungen eingeleitet. Sie wurden jedoch umgehend eingestellt, als Schulthaupt in einer geheimen Sitzung dem Direktorium gestand, höchstpersönlich in das Büro eingebrochen zu haben. Er wurde fristlos suspendiert und fuhr an die französische Riviera, um dort das Ende der Ermittlungen abzuwarten.

Kalaniot, der sich bereits ertappt geglaubt hatte, war über Schulthaupts Unkollegialität zurecht empört.

»So geht es«, beklagte er sich, »der kleine Mann schuftet für die anderen …«

Nach einigen Tagen versuchte er sein Glück aufs neue. Er zog sich einen durchlöcherten Damenstrumpf über den Kopf und schleppte im Morgengrauen den riesigen Tresor durch die Gänge zum Ausgang. Kollegen kamen ihm entgegen und grüßten ihn freundlich.

»Guten Morgen, Hermann, guten Morgen.«

Der eine oder andere erbot sich, ihm beim Abtransport zu helfen. Kalaniot setzte sich auf die Treppe und weinte bitterlich. Danach stand er auf und rannte kurz entschlossen zur Zahlstelle, wo er, vor den Augen des Kassierers, auf einen Scheck über 100 000 Dollar die Unterschrift des Bürgermeisters setzte. Der entsetzte Kassierer alarmierte seine Vorgesetzten und teilte nach einer Viertelstunde Herrn Kalaniot mit, es befinde sich derzeit leider nicht so viel Geld in der Kasse.

✲

Die Erlösung jedoch war nahe. Ein Wunder geschah. Knapp eine Woche später stürzte mir Herr Kalaniot strahlend entgegen.

»Endlich«, jubelte er, »ich bin erwischt worden.«

»Herzlichen Glückwunsch. Wobei?«

»Auf der Toilette hat jemand die Glühbirne geklaut. Noch am selben Abend hielt vor meinem Haus ein Streifenwagen, Polizisten stürmten meine Wohnung und stellten fest, daß meine Zimmer zu gut beleuchtet sind. Kurz und gut, ich stehe unter Verdacht. Jeden Moment kann meine Kündigung erfolgen ...«

Und so geschah es auch. Man muß nur durchhalten. Das Schicksal liebt die Hartnäckigen.

✲

Heute erhielt ich eine Ansichtskarte von Herrn Kalaniot. Er macht Urlaub auf Rhodos, sein Gehalt wird ihm nachgeschickt, und er ist mir zutiefst dankbar. Einen schönen Gruß an die beste Ehefrau von allen. Übrigens, sie behauptet, Kalaniot habe überstürzt gehandelt, als er auf eine Diebstahlzulage verzichtet hat. Ich sagte zu der Besten:

»Liebling, nicht übertreiben.«

»Es ist nicht gut, daß der Mensch allein sei«, so sprach der Herr laut Genesis 2.18., um Adam persönlich zu überzeugen, daß er ohne Gattin keine Nachkommen haben könnte.

Die Quintessenz dieser göttlichen Botschaft hat für mich bis heute nichts an Gültigkeit eingebüßt. In schweren Stunden, ja sogar im Krankenbett habe ich die beruhigende Gewißheit: Gott sei's herzlich gedankt, man läßt mich nicht einmal für eine einzige Minute allein.

Unserem Freund und hochverehrten Meister

Ephraim Kishon

Alles Gute zur Genesung von der Grippe und die besten Wünsche für den Wiedereinstieg in den Arbeitsalltag. Widmen Sie sich mit neuer Energie Ihrer fruchtbaren schriftstellerischen Tätigkeit

IHRE STEUERBEHÖRDE/ABTEILUNG EINKOMMENSTEUER

Wir gratulieren

Ephraim

zu seiner Rückkehr in den Kreis der Schaffenden

Die Gewerkschaft
Abteilung für Einheitssteuer

Unser geschätzter Bürger

KISHON

ist wieder auf dem Damm!

Rathaus
Sonderabteilung
Verkehrsbusse

Herrn E. Kishon

Herzliche Glückwünsche

anläßlich Ihrer wundersamen Rettung aus den Fängen des Virus. Setzen Sie weiterhin Ihr unerschöpfliches Talent zum Wohle der Öffentlichkeit ein.

Ministerium für Religion / Sektion Kirchensteuer

An die Arbeit! Fertig! Los!

Das Finanzministerium
Vollstreckungsstelle

15. Dezember. Heute wieder bei Finanzminister Schultkühl wegen des Budgets für das kommende Geschäftsjahr. Verlangte für meine Abteilung genau 3785000 Kronen, das ist um eine Million mehr als zuletzt. Schultkühl blieb bei seiner Ablehnung.

Ohne ein Wort zu sagen, stürzte ich mich auf ihn und packte ihn an der Kehle. Mein Plan war, ihn zu erwürgen und mich sofort der Polizei zu stellen. »Ich habe den Finanzminister umgebracht, machen Sie mit mir, was Sie wollen, aber ein Leben ohne ausreichendes Budget ist für mich nicht lebenswert.«

Leider kam es nicht soweit. Schultkühl war stärker als ich und schleuderte mich nach kurzem Ringkampf zu Boden. Blutüberströmt, aber ungebrochen, wurde ich von seinen Assistenten abgeschleppt.

»Ich komme wieder«, rief ich noch in der Tür. »Ich werde hart trainieren und komme wieder!«

»Kommen Sie nur«, schnarrte Schultkühl. »Dann kürze ich Ihr Budget um eine halbe Million.«

17. Dezember. Ziegler macht mir Sorgen. Schleicht geduckt durch die Amtsräume. Verschwindet in sein Zimmer, sobald er mich sieht, und sperrt sich ein. Heute ist es mir endlich gelungen, ihn zu stellen.

»Überschuß?« fragte ich. »Schon wieder?«

Aschfahl lehnte sich Ziegler gegen die Wand. Seine Stimme klang heiser:

»Es ist nicht meine Schuld ... Nach allen Berechnungen müßten wir das Budget längst überschritten haben ... Ich weiß nicht, was da passiert ist ...«

Zornbebend pflanzte ich mich vor ihm auf.

»Wollen Sie damit sagen, Ziegler, daß unsere Abteilung kein Defizit hat?«

»Ja, das stimmt ... Das heißt nein, noch nicht ...«

»Blödian!« Ich konnte mich nicht länger beherrschen. »Wie sollen wir für nächstes Jahr ein höheres Budget bekommen, wenn Sie nicht einmal imstande sind, das alte Budget aufzubrauchen?«

Ziegler zitterte am ganzen Körper.

»Noch ist nichts verloren ... Glauben Sie mir, daß ich mein Bestes tue. Wir haben ja noch ein paar Monate Zeit ...«

Ich hielt ihm die Faust unter die Nase.

»Wenn Ihnen auch nur eine einzige Krone übrigbleibt, drehe ich Ihnen den Hals um. Verstanden?«

23. Dezember. Kann nicht schlafen. Der Tag der Abrechnung rückt näher. In allen Regierungsämtern das gleiche Bild, angespannte Nerven und fieberhafte Aktivität, um das letzte Geld bis zum Stichtag loszuwerden. Sonst streicht die Regierung nicht nur ein, was noch da ist, sondern das nächste Budget wird bis zur Unkenntlichkeit reduziert. Und welcher Anblick wäre erbärmlicher als der eines Abteilungsleiters, dessen Budget kein Defizit aufzuweisen hat? So ein Mann kann weiter umhergehen und umhersitzen, sprechen und schwitzen wie ein Mensch, in Wirklichkeit ist er ein Geist, ein Gespenst, ein Frankenstein.

28. Dezember. Habe noch einmal die Bücher kontrolliert. Hoffte, irgendwo einen Fehler zu entdecken. Vergebens. Wir haben beinahe 900 000 Kronen in der Kasse, drei Monate vor Abschluß der Bilanz! Nur mit Mühe hielt ich mich zurück, als Ziegler in mein Büro kam.

»Die Ausstellung«, murmelte er. »Die hat alles über den Haufen geworfen ...«

Diese verdammte Ausstellung. Im November, als wir merkten, daß unsere Geldbestände nicht weniger wurden, hatten wir es mit ein paar aussichtsreichen Projekten versucht, einem Gastronomischen Zentrum, einer Subvention für die Neugruppierung von Fernsehantennen und einer Ausstellung internationaler Straßenkreuzungen. Das hätte uns weit über eine Million kosten müssen. Es fing auch vielversprechend an. Wir bestellten für 100 000 Kronen ein japanisches Teleskop für das Gastronomische Zentrum, bewilligten jedem Besitzer eines Fernsehapparates einen hohen Betrag für eine neue Antenne, und was die Ausstellung betraf, so ging das Geld weg wie die warmen Semmeln. Das war aber auch ein großartiger Einfall, auf den Ausstellungsgründen alle Straßenkreuzungen der Welt nachzubilden! Und dann, im letzten Augenblick ...

Nie werde ich Zieglers Gesicht vergessen, als er an jenem Tag in mein Büro gestürzt kam.

»Wir sind verloren! Das Ministerium für Religiöse Angelegenheiten will sich auch an dem Projekt beteiligen ...«

Ein Tiefschlag von ungeheuerlicher Tücke. Irgend jemand bei den Religiösen mußte dahintergekommen sein, daß es Straßenkreuzungen auch in China gibt, und jetzt teilen sie uns den ursprünglich für die Orthodox-Chinesische Gemeinde bestimmten Subventionsbetrag zu, volle 800 000 Kronen. Offenbar hatten auch sie ihre Budgetprobleme und wollten Ende März nicht bei Kasse erwischt werden, eine Gefahr, die um so größer war, als sich im ganzen Land kein einziger Angehöriger der chinesischen Orthodoxie auftreiben ließ.

Aber warum sollte ich dafür büßen? Ich gab den klerikalen Opportunisten ihr Geld zurück, mit einem scharfen Protestbrief und einem Förderungsscheck auf 50 000 Kronen Buße. Sie verweigerten die Annahme. Der Brief kam mit dem Vermerk »Empfänger unbekannt« zurück. Die Sache wird ein gerichtliches Nachspiel haben. Aber vorläufig stehe ich mit meinem Millionenüberschuß da. Und die Zeit vergeht, die Zeit vergeht.

3. Januar. Einer von Finanzminister Schultkühls Assistenten suchte mich auf.

»Der Minister«, teilte er mir vertraulich mit, »hat den Eindruck, daß Sie nicht genügend Druck ausüben, um eine Erhöhung Ihres Budgets durchzusetzen.«

»Ich? Nicht genügend Druck?« Empört sprang ich auf. »Ich habe ihn tätlich attackiert! Genügt das nicht? Wir haben gebrüllt wie die Stiere.«

»Leider hat man das nicht bis zur Presseabteilung gehört.«

»Unmöglich.«

»Es wurde durch Nachprüfungen einwandfrei festgestellt. Der Minister befindet sich in einer schwierigen Lage. Er muß der Öffentlichkeit beweisen, daß er aus budgetären Gründen die Steuern nicht senken kann und daß er andererseits den übertriebenen Forderungen der einzelnen Ministerien nicht nachgibt. Das ist doch nicht so schwer zu verstehen, oder?«

»Nein, gewiß nicht. Aber was soll ich tun?«

»Das müssen Sie selbst wissen.«

Ich weiß es nicht. Ich weiß nur, daß wir immer weniger Zeit haben und immer mehr Geld. Es hat sich nämlich herausgestellt, daß Gastronomie nichts mit Sternen und Galaxien zu tun hat, weshalb wir das Gastronomische Zentrum mit diesem japanischen Mist für 100 000 in ein Steakrestaurant umwandeln mußten. Und dieses Restaurant wirft laufend Profit ab …

Wir nennen es provisorisch »Steakhaus zum Teleskop« und wissen nicht, wohin mit dem Reingewinn. Der Versuch, ihn aus humanitären Gründen in eine tansanische Seilbahn zu investieren, scheiterte kläglich. Das Außenministerium war uns zuvorgekommen.

12. Januar. Ging zu meinem Arzt und sagte: »Herr Doktor, Sie müssen mich raschest in einen Zustand klinischer Hysterie versetzen. Zitternde Hände, hervorquellende Augen …«

»Budget?«

»Ja. Es geht um Schultkühl.«

Er verschrieb mir mit Rum versetzten rohen Tabak. Angeblich hat sich das in Budgetangelegenheiten immer bestens bewährt.

25. Januar. Habe den Finanzminister überrumpelt. Er befand sich gerade in einer Konferenz mit dem Interessenverband der beiden israelischen Tiefseetaucher, die eine steuerfreie 3,7prozentige Haifisch-Zulage verlangten. Schultkühl lehnte ab. Neun Kronen hier, neun Kronen dort, und die ganze Wirtschaft bricht zusammen, sagte er. Daraufhin öffneten die Interessenvertreter das Fenster und drohten hinauszuspringen.

Schultkühl rief seinen Rechtsberater und erkundigte sich, ob er für ihren Tod verantwortlich wäre. Um diese Zeit hatte die Sitzung bereits acht Stunden gedauert.

Jetzt war der richtige Augenblick für mich gekommen. Ich stieß die Tür auf. Der Minister lag erschöpft über seinem Schreibtisch.

»Schultkühl!« brüllte ich hysterisch, mit zitternden Händen und hervorquellenden Augen. »Vier Millionen! Das ist meine letzte Offerte!«

»In Ordnung«, flüsterte er. »Abgemacht.«

27. Januar. Eine Katastrophe. Schultkühl hat mir viereinhalb Millionen bewilligt. Wie, um des Himmels willen, wie und wofür soll ich soviel Geld ausgeben? Ich fürchte, es wird mir wirklich nichts anderes übrigbleiben, als meinen Rücktritt anzubieten. Fünf Millionen in bar, oder ich trete zurück.

Es liegt auf der Hand, daß die alljährliche Budgetschlacht im Finanzministerium nicht weniger legal ist als die Eintreibung der Bußgelder von Autofahrern, mit denen der Staatshaushalt bekanntlich finanziert wird.

Die rechtmäßigen Teilnehmer an der Budgetschlacht gehören also erfreulicherweise nicht zur illegalen Klasse der sogenannten »Weißen-Westen-Diebe«, obwohl es auch über sie manches zu sagen gäbe.

Zum Beispiel, daß diese Herrschaften die vornehmsten Bakschischnehmer im Regierungsdienst sind, die Jahr um Jahr erfolgreich zeigen, wie man das Schicksal an der Nase herumführen kann, ohne erwischt zu werden.

Dann und wann stößt den neuen politischen Fürsten aber doch ein Betriebsunfall zu, worüber die Presse umgehend und voll Schadenfreude berichtet. Es passiert sehr selten, aber es passiert doch.

Da stolpert ein ehrenwerter Oberbürgermeister über einen Stein auf dem Grundstück in der Stadtmitte, das er für einen Pappenstiel erworben hat, da fällt bei einem Rechtsanwalt eine streng geheime Akte aus dem Fenster, da wird plötzlich ruchbar, daß die Herrschaften Kampfflugzeuge gekauft haben, die reihenweise vom

Himmel fallen, dann wird ein geheimer Wohltätigkeitsfond zu fleißig gemelkt, eine Bank im Bermuda-Dreieck mit zu viel gewaschenem Geld überschwemmt – und für ein paar Sekunden können die Bürger einen Blick auf die Spitze des Eisbergs der staatlichen Korruption werfen.

Vorsicht ist also ratsam, wenn nicht gar Pflicht für die Profiteure auf beiden Seiten des Verhandlungstisches. Machiavellis Fürst verhandelte immer nur durch die Blume. Und wer Blumen mag, kann schließlich kein schlechter Mensch sein.

Elégance

»Hier, Herr Direktor. Nehmen Sie Platz.«

»Danke. Schönes Wetter heute, nicht wahr?«

»Sehr schön. Nur der Regen stört ein wenig.«

»Das kann man wohl sagen.«

»Und was gibt es sonst Neues?«

»Nichts. Wir beginnen demnächst mit dem Bau des Ding-Dong-Zentrums, das ich leite.«

»Was für ein Zufall. Wissen Sie, daß ich der Baufirma vorstehe, die sich um einen Auftrag bewirbt?«

»Wirklich?«

»Ich darf in aller Bescheidenheit sagen, lieber Direktor, daß wir das Ding-Dong-Zentrum für eine Angelegenheit des gesamten Volkes halten. Es ist ein Projekt von nationaler Bedeutung.«

»Ganz meine Meinung.«

»Wurde der Auftrag für den Bau schon vergeben?«

»Noch nicht. Warum die Frage, wenn ich fragen darf?«

»Mir ist soeben eingefallen, was mir ein Mitglied unseres Verwaltungsrats gestern erzählt hat. Einige Firmen, denen die moralische Seite Ihres Vorhabens offenbar nicht bewußt ist, spielen angeblich mit der Idee einer Spende für den Wahlfonds jener Partei, der Sie, Herr Direktor, wenn ich nicht irre, als sehr prominentes Mitglied angehören.«

»Nicht nur ich, lieber Freund, auch meine Partei würde jeden derartigen Versuch energisch zurückweisen.«

»Daran habe ich keinen Augenblick gezweifelt. Trotzdem, gewissermaßen aus theoretischem Interesse, hätte ich gerne einen Begriff von der Höhe des Betrags, den Ihre Partei energisch zurückweisen würde.«

»Unglücklicherweise bin ich nicht in der Lage, Ihnen die gewünschte Auskunft zu erteilen. Die Parteizentrale hat auf ihrer letzten Exekutivsitzung keine konkreten Angaben darüber gemacht, auf welche Weise sich die Vergabe des Bauauftrags mit einer Spende von 350 000 Dollar in Verbindung bringen ließe. Es erübrigt sich also, dieser hypothetischen Möglichkeit nachzugehen.«

»Sehr richtig. Um so richtiger, als meine Firma, selbst wenn sie unverantwortlicherweise bereit wäre, sich auf derart fragwürdige Machenschaften einzulassen, auf keinen Fall über einen Betrag von 200 000 Dollar in drei Raten hinausgehen könnte.«

»Ich finde es wenig sinnvoll, wenn zwei vielbeschäftigte Männer ihre Zeit auf abstrakte Diskussionen verschwenden. Immerhin glaube ich mich zu entsinnen, daß meine Partei auf gewisse Anspielungen, in denen sogar höhere Summen als die von Ihnen genannte erwähnt wurden, mit größter Empörung reagiert hat.«

»Sie bestätigen meinen Verdacht, Herr Direktor. Es gibt tatsächlich in unserem Land dubiose Unternehmen, die sich um noch höhere Anspielungen bemühen. Aber eine solide Firma wie die unsere kann es sich nicht leisten, solche Empörung hervorzurufen.«

»Jeder von uns beiden, lieber Freund, muß über die Grenzen seiner Prinzipienlosigkeit Bescheid wissen.«

»Natürlich. Deshalb wäre es vielleicht von Nutzen, wenn Sie, verehrter Direktor, prinzipiell feststellen könnten, ob die Empörung Ihrer Partei groß genug ist, um 250 000 Dollar zurückzuweisen.«

»Ist das der höchste Betrag, der nicht in Frage kommt?«

»Allerdings.«

»Ich fürchte, daß meine Partei nicht in der Lage sein wird, diesen Vorschlag energisch genug abzulehnen.«

»Lassen Sie mich hinzufügen, daß die eben genannte imaginäre Summe die Zuwendung eines Betrags an einen von Ihnen namhaft zu machenden Privatfonds nicht ausschließt.«

»Hören Sie, lieber Freund. Solange unser theoretisches Gespräch sich um Parteifragen gedreht hat, war ich, wenn auch zögernd, bemüht, Ihnen zu folgen. Jetzt aber, da Sie persönlich geworden sind, muß ich Ihnen ein klares, lautes Halt entgegenschleudern. Ich bin keiner von diesen charakterlosen Schwächlingen, die ihre Position dazu nutzen, eine zweistöckige Villa am Meer für sich herauszuschlagen. Mit Privatstrand.«

»Wo?«

»Etwa in Monaco, möglichst nicht allzu weit von der Autobahn. Was mich betrifft, so würde ich den bloßen Versuch, mir so einen Vorschlag zu machen, als persönliche Beleidigung übelster Art empfinden.«

»Ich habe von Ihnen nichts anderes erwartet.«

»Dann tun wir wohl am besten, unser amüsantes Spielchen zu beenden. Vergessen wir die ganze Sache.«

»Einverstanden. Wann kommen wir wieder zusammen?«

»Übermorgen. Hier. Um die endgültigen Ablehnungen zu fixieren.«

Scheinheiligkeit gehört zum Berufshandwerk eines Politikers wie der selektive Gerechtigkeitssinn zum Broterwerb des Anwalts. Bis gegen Ende des 19. Jahrhunderts hatten Männer an der Macht die Heuchelei für sich allein gepachtet, und bis heute finden sich in unseren Gesetzbüchern die Spuren der gesetzlichen und religiösen Willkür, welche Inquisitoren und Kreuzritter gegen die weiblichen »Sünder« Jahrtausende hindurch schonungslos walten ließen.

Diese traditionsreiche Diskriminierung der Frauen, die ja immerhin etwa die Hälfte der Menschheit betrifft, ließ erst nach, seit die männliche Mafia den historischen Fehler beging, Frauen zur Wahl zuzulassen. Aber noch heute knirschen etliche männlichen Zähne in der aufgeklärten freien Welt …

Dieses Knirschen ist besonders deutlich zu hören, wenn in den Parlamenten, im Bundestag oder den Ausschüssen die Vorpille oder die Nachpille auf der Tagesordnung stehen. Die sind schon lange keine Frage der Moral mehr, sondern lediglich ein PR-Gag in der Wahlstrategie der Parteien. Die etablierte Heuchelei erreicht ihren Höhepunkt in der Debatte über Schwangerschaftsunterbrechung.

Dieselben Gesetzgeber, welche die Elite der Jungen und Starken armeenweise auf die Schlachtfelder überflüssiger Kriege schicken, gehen auf die Barrikaden, um das Leben eines Ungeborenen zu retten. Der große rumänische Sozialist Ceaucescu hat das Einnehmen der Pille hart bestraft, und Hitler bekam Wutanfälle, wenn er von einer Abtreibung erfuhr. Für Adolf war schließlich nichts wichtiger als ein Menschenleben.

Was mit dem geretteten Baby geschieht, wie seine Zukunft, sein Schicksal aussieht, das interessiert die gewis-

senhaften Parteifunktionäre wie der Schnee auf dem Kilimandscharo. Das Baby wird sich schon irgendwie durchmogeln, das ist schließlich sein Problem. Hauptsache, es ist da.
Es gibt noch einige andere Variationen der gleichen Tonart. Hier zum Beispiel eine Legato-Suite, dargeboten vom Männerchor des Unterhauses.

Amtlich geförderte Notzucht

»Gestatten Sie eine Frage, Angeklagter. Betätigen Sie sich als Vergewaltiger?«

»Ja.«

»Und warum?«

»Sagen wir, aus natürlicher Neigung, Herr Richter. Es macht mir Spaß. Hat mir immer schon Spaß gemacht. Wird außerdem von den Behörden begünstigt.«

»Das ist mir neu.«

»Mir nicht.«

»Vielleicht kommen wir später darauf zurück. Jetzt eine andere Frage. Können Sie dem Gerichtshof etwas über Ihre Methode verraten?«

»Meine Methode? Die übliche, Euer Ehren. Schnittiger Wagen. Überlandstraße. Autostopperin. Mitnehmen. Auf einen Seitenweg abbiegen. Einsame Gegend. Waldlichtung oder dergleichen. Ein wenig angst machen. Wenn nötig schlagen oder fesseln. In böswilliger Absicht, wie der juristische Fachausdruck heißt. Vorsätzliche Gewaltanwendung. Manchmal mit Freunden, manchmal allein. Je nachdem. Lesen Sie keine Zeitungen?«

»Wie reagieren die Frauen?«

»Meistens versuchen sie sich zu wehren. Aber das gehört dazu. Das ist eben das echte Vergnügen, den Widerstand brechen. Jung und verschreckt müssen sie sein, das mag ich. Ausländische Besucherinnen sind mir am liebsten.«

»Haben Sie dafür einen bestimmten Grund?«

»Einen sehr bestimmten. Sie verlassen das Land bald darauf und kommen nie wieder. Der Traum des Vergewaltigers. Gilt besonders für kleine Engländerinnen. Glauben Sie, Euer Ehren, keinen Verleumdungen, Engländerinnen sind erstklassig.«

»Man sagt, daß die Opfer einer Vergewaltigung dauernden seelischen Schaden davontragen.«

»Würde mich nicht überraschen. Aber das ist nicht meine Sache. Sie können ja zur Polizei gehen und Anzeige erstatten, wenn sie wollen. Wir leben in einem freien Land.«

»Werden Anzeigen häufig erstattet?«

»Sehr selten. Sie wissen ja, wie es auf der Polizei zugeht. Warum kommen Sie erst jetzt, wo ist es passiert, wie oft, schildern Sie den genauen Hergang, lauter peinliche Fragen. Wer setzt sich schon gern einer solchen Situation aus. Deshalb schweigen die meisten. Sogar im Spital.«

»Und wenn sie nicht schweigen?«

»Dann nimmt man einen Anwalt. Und läßt vor Gericht

die ganze Familie aufmarschieren, die Frau, die Kinder...«

»Wollen Sie damit sagen, daß Sie verheiratet sind?«

»Allerdings. Haben Sie etwas dagegen? Notzucht ist längst zu einem Bestandteil des täglichen Lebens geworden. Gewissermaßen eine Art Familienunterhaltung. Sie sollten einmal meine Kinder sehen, wie die sich bei einer Vergewaltigung in Pornofilmen aufführen. Auf jeden Fall sage ich gewöhnlich jedem Gerichtshof, daß von Vergewaltigung keine Rede sein kann, eigentlich wollte ich gar nicht, diese englische Schlampe hat mich einfach provoziert. Wenn ich Glück habe, erscheint sie vor Gericht in einem Minirock und macht auf den Richter einen schlechten Eindruck.

»Und wenn der Richter sich dem Standpunkt der Klägerin anschließt?«

»Warum sollte er?«

»Weil er gegen Vergewaltigungen ist.«

»Dann bekunde ich Reue. Es tut mir leid, Euer Ehren, es tut mir aufrichtig leid, ich habe meine Selbstbeherrschung verloren, bitte bedenken Sie, daß ich eine schwere Kindheit hatte, ich komme aus ärmlichen Verhältnissen, ich war sozial unterprivilegiert, ich mußte Entbehrungen leiden, und was man eben in solchen Fällen sagt.«

»Nehmen wir an, daß der Richter sich nicht erweichen läßt.«

»Dann bekomme ich schlimmstenfalls drei Jahre und acht Monate Gefängnis. Ein Drittel wird für gutes Betragen abgezogen, ein Drittel für medizinische Behandlung, ein Drittel wird ausgesetzt, übrig bleibt, daß ich mich zweimal monatlich zur psychiatrischen Beobachtung stellen muß. Auch schon was.«

»Und wie erklären Sie sich das alles?«

»Ich sagte es ja schon. Das Gesetz begünstigt Vergewaltigungen.«

»Meinen Sie das im Ernst?«

»Durchaus. Überlegen Sie doch, Euer Ehren. Wenn man Vergewaltigungen wirklich verhindern wollte, würde man sie mit zwanzig Jahren Kerker bestrafen. Auf Veruntreuung und Steuerhinterziehung stehen zehn Jahre. Tätliche Bedrohung mit einem Messer kann einem sechs Jahre einbringen. Aber für dasselbe Vergehen mit Vergewaltigung sieht das Gesetz nicht mehr als drei Jahre und acht Monate vor. Es begünstigt Vergewaltigungen. Es anerkennt ihre heilende Wirkung.«

»Heilende Wirkung? Wieso?«

»Als Ventil für aufgestaute Aggressionstendenzen. Als Entlastung von gesellschaftlichem Druck. Wer vergewaltigt, begeht keinen staatsfeindlichen Akt, nimmt an keiner Demonstration teil, erregt keinen Aufstand, ist politisch einwandfrei. Der Staat weiß das. Deshalb belegt er jede Eintrittskarte ins Kino mit einer fünfzehnprozentigen Steuer, aber Vergewaltigung ist steuerfrei.«

»Wenn Sie zwanzig Jahre dafür bekämen, würden Sie nicht vergewaltigen?«

»Natürlich nicht. Ich bin ja nicht verrückt, zwanzig Jahre für zwanzig Minuten Vergnügen zu sitzen. Da suche ich mir lieber eine andere Entspannung.«

»Fußball?«

»Zu viele Prügeleien unter den Anhängern. Ich möchte keinen Konflikt mit der Polizei, Euer Ehren. Unter den gegebenen Umständen bleibe ich schon bei der Vergewaltigung.«

Nach Lektüre dieses offenherzigen Gerichtsprotokolls drängt sich die Frage auf:

»Und wo, bitte, bleibt die Polizei?«

Keine Angst, sie ist da. Jeder Autofahrer kann bestätigen, daß die Sicherheitsorgane im Straßenverkehr makellos funktionieren. Auch bei der Zerschlagung von unerlaubten Demonstrationen sind sie sehr aktiv, und bei Hausdurchsuchungen von Freudenhäusern übertrifft die Polizei sich selbst. Und doch gibt's Kreise in der Bevölkerung, besonders jene, die täglich ihre Zeitung lesen, die unseren Ordnungskräften nicht unkritisch gegenüberstehen.

Dieser negativen Einstellung kann man nicht energisch genug entgegentreten. Denn schließlich muß jeder Klugscheißer, der sich nicht schämt, die Hüter unser aller Ordnung zu beschimpfen, wissen, daß er damit gleichzeitig seine eigene wundervolle Regierung beschimpft.

Habt acht!

»Männer! Rührt Euch!

Ich möchte heute ein paar Worte an Sie richten, nicht als Ihr Kommandant, sondern als der Polizeioffizier, der für die Moral dieser Truppe verantwortlich ist.

Vielleicht ist euch bereits aufgefallen, daß die Medienkritik an uns in letzter Zeit lauter wird. Nicht etwa, daß so etwas neu wäre. Die Feindseligkeit, mit der Journalisten der Polizei begegnen, ist ja hinlänglich bekannt. Wir alle erinnern uns nur zu genau, welche Schauermärchen von zwei Pressestümpern über die jüngsten Kundgebungen verbreitet wurden. Wie diesen drittklassigen Federfuchsern eine derart glaubwürdige und detaillierte Reportage über die Vorgänge gelingen konnte, obwohl sie bei unserem ersten Ansturm bereits in Ohnmacht gefallen waren und erst im Krankenwagen wieder zu Bewußtsein kamen, ist und bleibt ein Rätsel.

Hier handelt es sich zweifellos um bewußte Rufschädigung. Dennoch frage ich mich, ob wir nicht vielleicht doch ein ganz klein wenig schuld an unserem Image sind. Prüfen wir uns doch einmal selbst. Sehen wir selbstkritisch in den Spiegel. Sind wir frei von Vorurteilen? Sicher, euer Gehalt ist nicht üppig. Aber dafür kann der Bürger nichts, euren Zorn darüber dürft ihr nicht an ihm auslassen. Aufgestaute Aggressionen reagiert man besser an Sportgeräten ab.

Ich denke dabei vor allem an den Zwischenfall von Anfang der Woche, als sich der Gesundheitsminister seinen

Weg durch die Demonstranten bahnen wollte und dabei von unseren Schutzkräften aufgehalten wurde. Sicherlich, er wurde vorschriftsmäßig in den Streifenwagen gezerrt und, als er gegen die Verhaftung heftigen Widerstand leistete, mit ein paar gezielten Ohrfeigen zum Schweigen gebracht. Zwar wurde der Minister nach kurzem Verhör gegen Kaution freigelassen, es ist mir jedoch zu Ohren gekommen, daß er mit unserer Vorgehensweise nicht ganz einverstanden ist. Die Sache wurde sogar vor der Regierung debattiert, aber man konnte sich dort zu keiner einhelligen Meinung durchringen. Trotz allem sollte das Prügeln von Regierungsmitgliedern weitestgehend vermieden werden. Der Minister für innere Sicherheit hat übrigens in diesem Zusammenhang gebeten, sein Foto in allen Dienststellen ans schwarze Brett zu hängen, um zukünftige Mißverständnisse zu vermeiden.

Auch Abgeordneten gegenüber ist Vorsicht und Rücksicht geboten, selbst wenn man nicht genau weiß, wer gerade zur Regierungspartei gehört. Ich distanziere mich daher auch persönlich von der überstürzten Verhaftung des Parlamentsvorsitzenden vom vergangenen Dienstag. Ich bin sicher, die zuständigen Beamten waren voller Pflichteifer. Aber unsere Spürhunde, die auf Rauschgift abgerichtet sind, suchen eben immer zuerst im Schlafzimmer. Es war wirklich nicht nötig, den Vorsitzenden gleich im Nachthemd aufs Revier zu schleppen, bevor unser Veterinär eindeutig feststellen konnte, ob sich der Hund nicht geirrt hat. Am nächsten Morgen, noch bevor der Vorsitzende aus der Haft entlassen wurde, mußte ich mich persönlich bei ihm entschuldigen und konnte ihn nur durch die Ankündigung eines Disziplinarverfahrens gegen den Spürhund einigermaßen besänftigen.

Lassen Sie mich noch ein paar weitere Verhaltensmaßregeln für verantwortungsbewußte Streifenpolizisten anführen. Nicht jedes Pärchen, das nachts in einem Treppenhaus aufgespürt wird, betreibt Berufsprostitution. Theoretisch muß man sogar unterstellen, daß dieses Pärchen rechtskräftig verheiratet ist, wenn auch vielleicht nicht miteinander. Daher sollte jeder Prügeleinsatz in ähnlichen Fällen mit Bedacht erfolgen, es sei denn, der Ort ist unzureichend beleuchtet.

Um so mehr ist es erste Pflicht eines jeden Polizeibeamten, seine Beobachtungsgabe zu trainieren und ständig auf der Hut zu sein.

Der Kampf gegen jugendliche Delinquenten ist ein besonders heikles Kapitel der täglichen Polizeiarbeit. Äußerste Zurückhaltung ist hier geboten. Mir liegt der Polizeibericht über den Einsatz in der Sache Daniel Kunstetter vor, der vorgestern Punkt 11.30 Uhr am Nordring verhaftet wurde. Der Angeklagte – so entnehme ich dem Rapport – habe zu dieser Zeit im Stadtpark Steine geworfen und habe körperlichen Widerstand geleistet, als die Polizisten ihren Pflichten nachkamen. Der Angeklagte habe sich geweigert, in den Streifenwagen einzusteigen, und konnte nur mit sanfter Gewalt überredet werden, aufs Revier zu folgen. Wegen öffentlicher Ruhestörung und Widerstand gegen die Staatsgewalt wurde gegen den Angeklagten ein Strafverfahren eröffnet.

Schon nach einem dreistündigen Verhör sei der Angeklagte zusammengebrochen – heißt es in dem Bericht weiter – und habe gestanden, mit Kieselsteinen auf eine städtische Plakatsäule gezielt zu haben, obwohl er nicht im Besitz eines Führerscheins war. Beim Kreuzverhör habe der Angeklagte häufig versucht, durch konvulsivisches Schluchzen vom Thema abzulenken, und habe sogar schrille Schreie ausgestoßen, was von den Beamten jedoch mit angemessenen Disziplinarmaßnahmen quittiert worden sei. Die Laborbefunde zeigten keinerlei Spuren hochprozentiger Alkoholika, somit sei der Angeklagte voll zurechnungsfähig gewesen. Der Angeklagte habe nicht einmal überzeugende Motive für seine Tat angeben können, und darüber hinaus habe er sich geweigert, den Namen seines Anwalts zu nennen, hingegen darauf bestanden, seine Mutter anzurufen, damit sie ihm die Windeln wechsle. Diese Bitte sei bis zu seiner Freilassung gegen eine Kaution, die seine Eltern aufbrachten, abgelehnt worden.

So weit der Bericht, Kameraden. Sicherlich, alle Vorschriften sind peinlichst beachtet worden und die öffentliche Ordnung ist wieder hergestellt. So weit so gut. Dennoch sollte in ähnlichen Fällen geprüft werden, ob, wie in diesem Fall, der Angeklagte nicht etwa vorstrafenfrei ist, was die Leiterin des städtischen Kindergartens unter Eid bestätigte. Nach Aussagen der erfahrenen Pädagogin zähle Daniel Kunstetter zu den besonders braven Kindern, am fraglichen Tag sei er jedoch ein wenig erregt gewesen, da man im Kindergarten seinen dritten Geburtstag gefeiert habe. Eine derart angeregte Stimmung führt in manchen Fällen zu unkontrollierten Handlungen, die leicht als Provokation ausgelegt werden können. Die Festnahme des Bürgers Daniel Kunstetter wurde, so meine Meinung, voreilig getroffen. Insbesondere hätte auf die Anwendung von Handschellen verzichtet werden können, die ohnehin nicht in der Größe seiner Handgelenke vorrätig waren.

Jeder Fall erfordert daher seine eigene Betrachtungsweise, Vorsicht und Taktgefühl sind geboten. Die Zivilbevölkerung, die sich der Provokationen, denen die Polizei ständig ausgesetzt sei, nicht bewußt ist, sondern darüber nur in den Zeitungen liest, könnte aus unseren kleinen Fehlern und flüchtigen Irrtümern falsche Schlüsse ziehen und dabei völlig vergessen, daß es um die Sicherheit, um nichts als die Sicherheit geht, ein nationales Anliegen, für das sich unsere Leute jeden Tag aufs neue selbstlos einsetzen.

Polizisten!

Abtreten!«

Vor kurzem haben sich die Zeitungen auf den Titelseiten darüber lustig gemacht, daß wenige Tage zuvor sechs höchst gefährliche Bankräuber aus der Polizeizentrale entkamen. So etwas kann schon mal passieren. Polizisten sind auch nur Menschen. Meine Analyse der Ereignisse gibt jedoch Anlaß zu gewisser Hoffnung.

Wo lag der Fehler?

Zuallererst gilt der Polizei großes Lob dafür, daß es ihr gelungen ist, so viele Kriminelle in einer einzigen Zelle des Reviers unterzubringen. Eine genaue Untersuchung förderte zutage, daß zum Zeitpunkt des Ausbruchs in eben dieser Zelle rund acht Terroristen, zwei Spione und ein Tourist saßen sowie zwölf Zuhälter, drei Sexualtäter, zwei Kinder, die ihre Adresse vergessen hatten, sechs Bankräuber und der Mafioso Ali Baba.

Diese ganze Bande wurde, wie dem Pressebericht zu entnehmen war, von ungefähr zwei nur leicht bewaffneten Polizisten in Schach gehalten. Warum ausgerechnet zwei Polizisten? Reine Erfahrungssache. Da kurz zuvor aus derselben Zelle etwa zwölf Posträuber einen Fluchtversuch unternommen hatten, war beschlossen worden, die Zahl der Wachbeamten zu verdoppeln, und seitdem sind es zwei. Wegen des schlechten Wetters hätten an diesem Tag sogar noch weitere Polizisten Dienst haben können, es war aber gerade Filmmatinee, zwei Beamte hatten kurz zuvor wegen nicht bewilligter Gehaltserhöhung gekündigt und einer erhielt eine Auszeichnung. Der Rest lauerte in der Innenstadt Verkehrssündern auf.

Meine Analyse lautet wie folgt: Hätten sich nicht zwei, sondern gar kein Polizist vor Ort befunden, wäre der tollkühne Fluchtversuch kläglich gescheitert, und die sechs Bankräuber hätten dumm dreingeschaut.

☆

Stellen wir uns also mein Szenario vor: Alles ist perfekt geplant, die Spione und die Zuhälter beziehen Stellung hinter der eisernen Zellentür, die Sexualtäter und Ali Baba stehen in den Startlöchern, die Bankräuber pressen sich eng an die Wand, der Tourist weint.

Der Anführer wirft einen Blick auf die Uhr und gibt das Signal:

Fünf- vier- drei- zwei- eins- los!

In diesem Moment stürzen sich die Sexualtäter auf die Spione und Zuhälter und prügeln sie mit wildem Geschrei. Alles klappt wie am Schnürchen, das Handgemenge ist perfekt inszeniert. »Hilfe! Herr Wachtmeister! Hilfe!« schreien die Häftlinge hinter der Tür, während ihre Fäuste bereits auf den Kopf des eintretenden Polizisten zielen. Er tritt jedoch nicht ein. Die Schlägerei dauert anderthalb Stunden. Auf dem Zellenboden liegen schon zehn zum Teil schwer verletzte Kriminelle, einige Terroristen fallen erschöpft in Ohnmacht, die übrigen rufen stöhnend nach ihrem Bewacher – aber die Tür geht nicht auf. Warum nicht? Weil sich kein einziger Polizist im Revier befindet. Die Zelle bleibt hermetisch geschlossen. Der Fluchtversuch ist gescheitert.

Meine Analyse hat also eine absolut logische Schlußfolgerung:

Ab sofort ist Polizisten der Aufenthalt in Polizeirevieren behördlich zu untersagen.

Vielleicht hilft's was.

GEGEN ALLES UND JEDES GIBT ES HEUTE SCHON GESETZE.

LEIDER NOCH IMMER NICHT GEGEN DIE MITTELMÄSSIGKEIT IN DER POLITIK.

ES IST HÖCHSTE ZEIT, DASS JURISTEN ÜBERPRÜFEN, OB SIE NICHT VERFASSUNGSWIDRIG IST.

Aus verständlichen Gründen stellt sich der freie Weltbürger die Frage, wo die Nachteile der Demokratie enden und wo ihre Vorteile beginnen, wie sie funktioniert und wie lange sie noch durchhält. Eines aber sei vorausgeschickt, kein Regime, welches auch immer, kann überleben, wenn es nicht überwacht wird. Es braucht die öffentliche Kritik, wie schon der bekannte Staatswissenschaftler Stalin so richtig definierte:

»Die Stärke der Partei ist die freie Selbstkritik ihrer Mitglieder.«

In der Demokratie erfüllen diese Rolle die unabhängigen Medien, die Wachhunde amtlicher Moral und gesellschaftlicher Hygiene. Ja, die Öffentlichkeit muß die Wahrheit erfahren. Oder etwa nicht?

»Wo viel Licht ist, ist auch viel Schatten.« Im Sinne dieses Schiller-Zitats muß man heute vieles ertragen. Um etwa das wahre Gesicht eines Präsidenten zu erkennen, der noch schlechter lügt als seine Vorgänger, oder um sich über dilettantische Veruntreuungen geheimer Gelder zu informieren, muß man in Kauf nehmen, daß in demselben Blatt auch Nacktaufnahmen der First Lady aus ihrem Badezimmer gezeigt werden. Das gehört einfach dazu. Ich persönlich jedoch ziehe jede auch noch so freie Presse einer unfähigen Demokratie dem erstickenden Schweigen der erfolgreichsten Diktatur vor.

Vorausgesetzt, man hört auf, mir einzuhämmern, daß »die Öffentlichkeit die Wahrheit erfahren muß«.

Was man heute Wahrheit nennt, ist ja zumeist ein Skandal, der Schlagzeilen macht. Die öffentliche Meinung wird in journalistischen Schreibstuben hergestellt, im Fernen Osten in staatlichen, im Westen in privaten. Und die Öffentlichkeit glaubt nur noch das, was sie gestern auf dem Bildschirm gesehen hat.

In unseren Tagen steigt ein Politiker morgens aus seinem Bett wie ein Boxer, der nicht weiß, aus welcher Richtung er k.o. geschlagen wird.

Er widmet Zeit und Energie längst nicht mehr überflüssiger Regierungsarbeit, sondern dem verzweifelten und hoffnungslosen Kampf gegen die täglichen Attacken der Wichtigtuer in den freien Medien. Rund um die Uhr in Alarmbereitschaft, hüten sie ängstlich jedes ihrer Worte, hüten sich beim Essen, beim Gähnen, beim Husten oder davor, um Gottes willen, mit einer Frau im Badeanzug fotografiert zu werden, und vor allem hüten sie sich, um die strengen Gralshüter von Moral und Sitte ja nicht zu provozieren.

»Ave Caesar«, rufen sie hinauf zur Kaisertribüne, »zum Tode Verurteilte grüßen Dich!«

Und die Mediencaesaren richten ihre Daumen nach unten.

Nie wieder ein Interview

Die menschliche Tragödie, über die im folgenden berichtet wird, begann an einem schwülen Sonntag, als im Hause des Berufspolitikers Benjamin Schultkalt das Telefon läutete. Es meldete sich die Redaktion eines Boulevardblattes mit Massenauflage.

»Herr Schultkalt«, sagte die Redaktionssekretärin, »Dvorah Triller will ein Interview mit Ihnen machen.«

Schultkalt krümmte sich und hätte am liebsten aufgelegt. Wozu sollte er ein Interview geben? Gerade jetzt? Die undurchsichtige Schweizer-Franken-Affaire war keineswegs in Vergessenheit geraten, und die Sache mit dem Genfer-Investitionsfonds noch immer nicht geklärt. Und Dvorah Triller galt zu Recht als die gefährlichste Schlange der Medienbranche. Ihre bissigen, rücksichtslosen Interviews, mit denen sie allwöchentlich mindestens ein Opfer erlegte, waren gefürchtet.

Benjamin Schultkalt zitterte.

»Wird mir ein Vergnügen sein, Frau Triller zu treffen. Wann paßt es ihr denn?«

»Ende der Woche in Genf. Okay?«

»Okay.«

Von diesem Augenblick an machte Benjamin Schultkalt kein Auge mehr zu. Nachts suchten ihn wilde Schreckensvisionen heim in Gestalt von Zeitungsseiten, auf denen Fetzen des bevorstehenden Interviews standen ... Er sei ein alter Betrüger, hatte Dvorah Triller geschrieben ... ein genußsüchtiger Fettwanst ... ein

Reaktionär … eine Pestbeule des öffentlichen Lebens …

»Sie wird mich ruinieren«, flüsterte Schultkalt tonlos vor sich hin. »Ich bin am Ende.«

»Warum gibst du ihr überhaupt ein Interview?« fragte Frau Schultkalt, geborene Amanda Wyczloff. »Mußt du ihr denn ein Interview geben? Gib ihr eben keins.«

Schultkalt blickte auf. »Komisch«, sagte er. »Daran habe ich noch gar nicht gedacht.«

Er log. Er hatte wiederholt daran gedacht. Selbst nach seiner Zustimmung hatte er immer wieder daran gedacht, anzurufen und zu sagen, daß er sich's überlegt hätte und an dem Interview nicht interessiert sei. Leider stand dieser Lösung ein technisches Hindernis entgegen: Er *war* an dem Interview interessiert. Zwar fürchtete er einerseits Dvorah Trillers scharfe Feder, andererseits jedoch durfte man den Werbeeffekt nicht unterschätzen. Man kommt ins Gespräch, steht im Rampenlicht der Öffentlichkeit, wird prominent. Allerdings, um welchen Preis?

Schultkalt ertrug diesen seelischen Zwiespalt nicht länger. Zitternd rief er in der Redaktion an, ob die Zusammenkunft mit Dvorah Triller endgültig feststehe.

Die Zusammenkunft stand endgültig fest.

Schultkalts letzte Hoffnung brach zusammen und Schultkalt mit ihr. Er sperrte sich in sein Zimmer ein und übte vor dem Spiegel verschiedene Nuancen des kommenden Frage- und Antwortspiels.

»Wie können Sie es wagen, das Wort ›Schweizer Franken‹ überhaupt in den Mund zu nehmen?« fuhr er sein imaginäres Gegenüber an. Oder: »Warum fragen Sie mich nach Genfer-Investitionsfonds? Erkundigen Sie sich doch in Genf!«

Sein Haß auf Dvorah Triller wuchs stündlich, aber gleichzeitig fühlte sich Benjamin Schultkalt vom Gegenstand seines Hasses unwiderstehlich angezogen. Er bewunderte Dvorah, er bewunderte ihre Tatkraft und ihre Erfolge. Es war eine richtige Haßliebe, und wenn er daran dachte, sie mit seinen eigenen Händen zu erwürgen, glich das einem Lustmord. In einem seiner Alpträume sah er Dvorah als Wildkatze und sich selbst als zwei weiße Mäuse, die in entgegengesetzten Richtungen davonsausten …

Ein Gespräch mit seinem Rechtsanwalt beruhigte ihn ein wenig. Der erfahrene Jurist versprach ihm für den Fall, daß Dvorah Triller die Schweizer-Franken-Affaire auch nur streifen würde, eine saftige Verleumdungsklage mit saftigem Schadensersatz. Das Anwaltshonorar, so vereinbarte man, würde in Schweizer Franken von einer Genfer Bank ausbezahlt.

Die Beruhigung hielt nicht lange an. Als Schultkalt ein bekanntes Fotoatelier beauftragte, um Dvorah Triller ein gelungenes Porträt präsentieren zu können, zitterte er so, daß alle Bilder verwackelt waren. Außerdem begann er zu trinken. Am Vorabend des Interviews warf er sich seiner Frau zu Füßen.

»Laß mich nicht fort, Amanda«, flehte er mit klappernden Zähnen. »Du darfst mich dieser Bestie nicht zum Fraß vorwerfen. Du mußt mich zurückhalten.«

Amanda Schultkalt fesselte ihren Gatten und band ihn mit starken Stricken an einen Fauteuil.

»So ist's recht«, lobte Schultkalt. »Und wenn ich noch so sehr brülle und tobe, du darfst mich nicht freilassen, Liebling. In keinem Fall, hörst du!«

Während der folgenden Nacht wurden die Bewohner der umliegenden Häuser durch markerschütterndes Brüllen und Toben aus dem Hause Schultkalt wachgehalten:

»Laß mich los, verdammtes Weib! Ich will zu Dvorah! Ich will mein Interview haben!«

Gegen Morgen legte sich der Lärm. Amanda Schultkalt, durch die plötzliche Stille beunruhigt, eilte ins Nebenzimmer. Es war leer. Schultkalt hatte die Stricke durchgebissen und sich aus dem Staub gemacht. Auf dem Fauteuil lag ein Zettel: »Verzeih mir, Liebling. Ich konnte nicht anders. Dein unglücklicher Gatte, Genf.«

Das Interview erschien zwei Tage nach Schultkalts Rückkehr unter der Schlagzeile »Benjamins unerhörte Schurkenstücke« und brachte aus dem vierstündigen Interview nicht nur die Schweizer-Franken-Affaire und die Genfer-Investitionsfonds zur Sprache, sondern auch die fast schon vergessene Sache mit der minderjährigen Bauchtänzerin und dem unehelichen Kind. Schultkalt war, ganz wie er es vorausgesehen hatte, im Gespräch.

Sein treues Weib aus dem Hause Wyczloff saß an seinem Krankenlager, hielt ihm die Hand und streichelte ihn.

»Erkennst du mich?« fragte sie mit tränenerstickter

Stimme, wenn er gelegentlich die Augen aufschlug. Schultkalt sah glasig durch sie hindurch und gab auch sonst nur matte Lebenszeichen von sich.

Das Telefon läutete.

»Soll ich abheben?« fragte Amanda.

Schultkalt nickte.

Frau Schultkalt hob ab. Die Redaktion eines kleinen Wochenblattes bat um ein Interview mit Foto.

Schultkalt bewegte mühsam die Lippen:

»Wann?« flüsterte er. »Wo?«

Ein einziges Mal, es war im vergangenen Jahrhundert, vertrat der Autor Dvorah Triller und traf, als Journalist verkleidet, einen der erfolgreichsten Politiker in den Annalen der Geschichte, zumindest nach Dschingis Khan und Richelieu. Der Grund dafür war pure Neugier, aber eigentlich sollte ich den Menschen hinter dem Staatsmann entdecken, wie es ihr Berufsethos Journalisten vorschreibt.

Ein Strauß kommt immer allein

Ich hatte vorsichtshalber Gott und die Welt befragt und wußte schließlich alles über Franz Josef Strauß, was ein gut informierter Mensch wissen sollte, nämlich, daß er dick und ein Kanzlerkandidat war.

Ich rief unser Auswärtiges Amt an und hörte, der Strauß-Experte sei zufällig gerade außer Haus, aber man könne nicht vorsichtig genug sein, weil linksliberale Kreise und die feindseligen Gewerkschaften Strauß einfach nicht ausstehen könnten.

Dann fiel mir der vernichtende Artikel eines besonders progressiven Wochenblattes ein, der den bayerischen Ministerpräsidenten als haargenaues Abbild des Satans schilderte. Das entschied die Sache zugunsten des Treffens.

Kurz davor erkundete ich den Popularitätsgrad von Strauß. Das Bild war ziemlich einheitlich. Von zehn Befragten waren im Schnitt neun gegen Strauß, und der Rest enthielt sich der Stimme. Der schwerwiegendste Grund gegen ihn war sein asoziales Gewicht.

Wir trafen uns in München zum Essen. Als Herr Strauß ein bißchen verspätet erschien, war ich erstaunt festzustellen, daß er tatsächlich dick war. Oder besser, weniger dick als rund. Ein runder menschlicher Dynamo, so energiegeladen, daß es unmöglich schien, in seiner Gegenwart über die Energiekrise zu sprechen.

Er kam von selbst auf dieses Thema.

»Ich bin der Meinung«, sagte Herr Strauß, »daß für die gegenwärtige Ölkrise drei Pseudo-Finanzfaktoren verantwortlich sind, nämlich –

• das substanzlose wirtschaftliche Vakuum, das durch unwirksame diplomatische Maßnahmen entstanden ist

• die zunehmende Auswirkung der Inflationskurve auf entwicklungshilfegierige Industrieländer

• die Unfähigkeit subventionierter Wirtschaftszweige, globalpragmatische Denkungsweisen anzuwenden.«

Ich sagte Herrn Strauß, daß ich in jeder Hinsicht mit ihm übereinstimme. Mein Interviewpartner sei schließlich beides gewesen, Finanzminister und Energieminister, ich hingegen noch nicht. Es wäre also gar nicht erstaunlich, daß seine Meinung besser fundiert sei als meine. Seine Antworten kamen prompt, als ob er sich auf diesen Tag vorbereitet hätte.

Wir begannen unser Menü mit Schildkrötensuppe. Draußen standen bewaffnete Wachen, die ab und zu nach uns schauten. Herr Strauß war schließlich eine bevorzugte Zielscheibe europäischer Freiheitskämpfer und eine großflächige noch dazu.

Während wir unsere Suppe aßen, wurde ich immer neugieriger auf den Menschen hinter dem Politiker, auf sein Privatleben, seine Träume, seine Sehnsüchte.

»Ich glaube, Sie im Fernsehen auf einem Motorrad gesehen zu haben, Herr Strauß«, sagte ich deswegen. »Ich bin auch ein begeisterter Motorradfahrer.«

Es war erstaunlich, mit welcher Freude Herr Strauß bereit war, auf die persönliche Ebene umzuschalten. »Motorradfahren«, erklärte er, »hat fünf funktionelle Grundvorteile –

• den unmittelbaren Kontakt zur sauerstoffreichen Umgebung

• das sportliche Hochgefühl, das durch die Kontrolle

über ein hochentwickeltes Instrument von ungeheuer dynamischer Potenz entsteht

• die innere Befriedigung, psychosomatischen Ängste durch die Bewältigung des Fahrrisikos zu überwinden

• die Aspekte des durcheilten Panoramas individuell zu entblößen

• die relative Wirtschaftlichkeit des Brennstoffverbrauchs dieses zweirädrigen Fahrzeugs.«

Ich stimmte ohne jeden Vorbehalt zu. Ich erkannte ganz einfach, daß Herr Strauß ein absoluter Experte auf dem politisch-sozial-militärisch-finanziell-motorradsportlichen Gebiet war, der seine Gedanken präzise zu layouten weiß. Deshalb begann auch jedes seiner Argumente mit einem fetten Punkt und einer neuen Zeile.

Ermutigt machte ich einen zweiten Versuch, den Menschen hinter den Punkten zu entdecken, und fragte ihn nach seinem Familienleben. Wie sich herausstellte, hatte Herr Strauß die Absicht, mit seiner Familie zu einem zweitägigen Urlaub nach Peking zu fahren. Er kennt wirklich jede bekannte und unbekannte Größe aus dem »Who is Who?«, von Fidel Castro bis Zubin Mehta.

Wohlwollend fragte mich Herr Strauß dann nach meiner Familie. Ich erzählte ihm stolz, daß ich drei Kinder habe –

• Rafi

• Amir

• Renana.

Daraufhin kamen wir auf die Bevölkerungsexplosion in der dritten Welt zu sprechen, ein umfangreiches Thema, das nach sechs Punkten seitens Herrn Strauß verlangte. Die Bereitschaft meines Gesprächspartners, jedes Thema bis zum letzten fetten Punkt auszuschöpfen, beeindruckte mich. Er ist wirklich ein Bulldozer, dachte ich im stillen, aber ein herziger.

Als wir beim Dessert angelangt waren, hatte ich mich sogar dafür entschieden, daß er eigentlich gar nicht dick sei, sondern eher horizontal. Ich meine, seine Höhe ging in die Breite, das ist alles.

Dennoch, nach einem raschen Streifzug durch den Mittleren Osten mit zwei palästinensischen Semikolons und einem Schrägstrich für Reparationszahlungen an Israel überkam mich der unwiderstehliche Drang, Herrn Strauß eine Frage zu stellen, die er nicht auf seine eloquente Art beantworten konnte. Ich überlegte angestrengt und kam auf Schildkrötensuppe.

»Die Suppe war köstlich«, sagte ich, »obwohl es, soviel ich weiß, Probleme mit Schildkröten gibt, weil sie sich im Winter nicht fortpflanzen.«

»Schildkrötenfortpflanzung im Winter«, sagte Herr Strauß, »bedarf vier geopolitischer Grundvoraussetzungen –

- eines Gebietes mit genießbarer Vegetation, das mit ausreichender Geländeabwechslung zwecks Ehestand und Nistmöglichkeiten ausgestattet ist
- des biologischen Fortpflanzungs- und Arterhaltungstriebes, der auf bestimmte Jahreszeiten beschränkt ist
- eines Klimas mit Temperaturen, die nicht unter 23 Grad Celsius im Schatten absinken.«

»Ohne Zweifel«, stimmte ich zu, »aber sagten Sie nicht, Herr Strauß, zur Schildkrötenfortpflanzung im Winter seien vier Dinge nötig? Was ist denn nun das vierte?«

»Schildkröten«, sagte Herr Strauß. Ich gab auf. Ich war ihm eben doch nicht gewachsen. Wenn man seine erstaunliche Energie je für friedliche Zwecke nutzen sollte, könnte man eine ganze Straße damit beleuchten.

Bevor wir uns trennten, machte ich einen letzten Versuch, ihm eine Antwort ohne fette Punkte auf eine sehr persönliche Frage zu entlocken.

»Herr Strauß«, sagte ich, »was werden Sie tun, wenn Sie nicht zum Kanzler gewählt werden?«

Zum ersten Mal während unseres Gesprächs verschlug es Herrn Strauß die Sprache. Sein fassungsloser Gesichtsausdruck ließ erkennen, daß er offenbar den Sinn meiner Frage nicht recht verstanden hatte. Schließlich murmelte er etwas wie, in diesem ganz unvorstellbaren, hirngespinstigen, fast grotesken Fall würde er wahrscheinlich öfter auf die Jagd gehen …

Mit einem Gefühl des Triumphs stellte ich fest, daß er auf den fetten Punkt verzichtete und nicht zu einer neuen Zeile ansetzte. Ich beschloß also, es dabei zu belassen. Keine weiteren Fragen.

Es war Zeit, zu gehen. Herr Strauß wirkte etwas bedrückt, trug seine Niederlage aber wie ein Mann. Er schüttelte mir die Hand und wünschte mir und meiner Familie alles Gute. Vorsichtig löste ich die Finger meiner rechten Hand wieder voneinander und wandte mich zum Gehen. Nach einigen Schritten drehte ich mich noch einmal nach dem Politiker um und wollte auch dem Menschen Strauß auf Wiedersehen sagen, aber ich gewahrte nichts als einen runden Kanzlerkandidaten inmitten eines Haufens fetter Punkte.

In jener guten, alten Zeit hatte ich Gelegenheit, in Hamburg an einem aufschlußreichen Gespräch über Franz Josef Strauß teilzunehmen.

Es fand in der neuen Villa eines bekannten Architekten statt, der mich zum Dinner geladen hatte, um die Nahostkrise mit einem Chauvinisten, wie ich einer bin, zu diskutieren.

Zum Ausgleich lud mein Gastgeber auch einige fortschrittliche Elemente aus der Nachbarschaft ein, und bald wimmelte es in seiner Villa von Chirurgen, Anwälten, Werbefachleuten, Großhändlern und anderen Intellektuellen. Es handelte sich durchwegs um feine Leute, die prinzipiell jede Art von Menschenrechtsverletzung ablehnen. Sie verdammen konservative politische Richtungen in Grund und Boden, zeigen jedoch tiefes Verständnis für die Lust ihrer Söhne auf Stoff, auch wenn das Kind zum siebten Mal von der Polizei nach Hause gebracht wird. Sie sind prinzipiell für Gleichberechtigung für wen auch immer und zeigen gute Einsicht in die politischen Beweggründe erfolgloser Terroristen.

Wir kamen sehr bald auf die bevorstehenden Wahlen und somit auf Franz Josef Strauß zu sprechen.

»Wenn dieser Mann Kanzler wird«, stieß der Hausherr hervor, und ein Schauern durchlief seinen sehnigen Körper, »wäre das eine Katastrophe.«

Alle stimmten ihm zu. Ich fragte, warum es eine Katastrophe wäre, wenn Strauß gewählt würde.

»Er fragt, warum es eine Katastrophe wäre« kicherte ein bekannter Chirurg, »Sie machen wohl Spaß, Mann.«

»Nein«, sagte ich, »ich würde es wirklich gerne wissen.«

Alle sahen mich mitleidig an.

»Haben Sie denn diesen unförmigen Kerl schon einmal im Fernsehen gesehen?«

»Ja«, antwortete ich, »ich kenne ihn sogar persönlich.«

»Wenn ich ihn im Fernsehen sehe, muß ich sofort ausschalten«, bemerkte eine Dame, »sonst dreht sich mir der Magen um.«

Ich fragte, warum.

»Er fragt, warum«, lächelte ein Professor. »An Strauß ist doch alles verlogen.«

»Was ist verlogen?«

»Alles. Jede Bewegung, jedes Wort, alles. Er sagt das eine und meint das andere.«

»Was meint er?«

Jetzt war ich der Mittelpunkt des allgemeinen Interesses. Offenbar kannte ich die Spielregeln nicht.

»Entschuldigen Sie schon, Herr Schriftsteller«, schnauzte mich die Witwe eines Dichters an, »er hat doch wirklich kein Niveau.«

»Welches Niveau«, fragte ich interessiert, »von welchem Niveau sprechen Sie?«

»Na, von welchem wohl. Alles, was er tut, ist doch einfach lächerlich.«

»Warum?«

Da betrat eine junge, in Lumpen gekleidete Gestalt den Salon und verlangte die Autoschlüssel. Es war der Sohn oder die Tochter des Hausherrn.

»Hör mal«, sagte sein Vater liebevoll, »der Herr da fragt, warum Strauß ein verdammter Analphabet ist.«

Der junge Gorilla warf mir einen verhangenen Blick zu.

»Strauß kann mich mal«, murmelte er und taumelte mit den Schlüsseln hinaus.

Ich verstand noch immer kein Wort.

»Es tut mir leid, daß ich so begriffsstutzig bin«, stotterte ich, »aber soviel ich weiß, hat Strauß einen akademischen Abschluß in Geschichte und Altphilologie. Er ist beileibe kein Analphabet, sondern ein gestandener Politiker mit einer eigenen Meinung.«

»Das glauben Sie doch selbst nicht«, sagte der Werbemann, »das ist bei ihm alles nur Vorspiegelung falscher Tatsachen, Augenwischerei. Nichts als faule politische Tricks.«

»Könnten Sie mir das vielleicht näher erläutern?«

Man begann mich zu verachten. Ich spürte es ganz deutlich.

»Erläuterungen will er«, sagte ein Journalist. »Da haben Sie Ihre Erläuterungen. So viele Sie wollen. Aber zuerst erläutern Sie uns doch einmal, wenn Sie so gütig sein wollen, wieso dieser Dickwanst seit Jahren der Anführer der rechten Politmafia ist und noch kein einziges Mal mit all seinen Beratern, den Experten und dem ganzen Rest der Bande, kein einziges Mal in diesen langen Jahren die Frage erörtert hat, worum es eigentlich wirklich geht.«

»Und worum geht es?« fragte ich.

Man war kurz davor, mich zu lynchen. Auch ich ärgerte mich. Wenn ich über Strauß etwas schreibe, dann ist das etwas anderes, aber die da …

»Soviel ich weiß«, stieß ich noch schnell hervor, »hat Strauß bei den letzten Meinungsumfragen 49 Prozent bekommen …«

»Wenn Sie das ernsthaft meinen«, erhob sich der Hausherr mit rotem Kopf, »dann sollten Sie jetzt besser gehen.«

Ich ging. Und war ab diesem Abend für Strauß.

Eine andere Begegnung der dritten Art erlebte ich viele Jahre später mit den organisierten Urfeinden von Strauß, der selbst inzwischen das Zeitliche gesegnet hatte, und zwar mit der Gewerkschaftsinfanterie. Ich traf sie auf dem Flugplatz von Tel Aviv, von wo ich zum Münchner Franz-Josef-Strauß-Flughafen abheben sollte.

Proletarier, um Gottes willen, vereinigt euch

Es war 9 Uhr morgens, als der Kapitän des Jumbos, Hans-Eljakim Hierspricht, die Wartungscrew vorsorglich darauf hinwies, daß der Countdown für den Abflug nach München liefe.

»Beeilt euch Jungs«, sagte er zu ihnen, »die Passagiere warten schon ziemlich lange.«

Die Arbeiter wurden blaß, ließen die Luft aus den Reifen und wandten sich an Ginzburg.

»Ginz«, sagten sie zum Gewerkschaftssekretär, »der Hansi Hierspricht hat unterstellt, das Schicksal der Passagiere wäre uns scheißegal.«

Auch Ginzburg wurde blaß und berief unverzüglich den Betriebsrat ein. Die Dienstleistungen am Flughafen wurden auf das Notwendigste beschränkt.

»Genossen«, teilte Ginzburg dem Betriebsrat mit, »Kapitän Hierspricht hat etwas an unserer Wartungscrew auszusetzen. Jeder weiß doch, daß für uns das Wohl der Passagiere an allererster Stelle steht. Sie werden mir recht geben, daß dies ein eklatanter Fall von Rufmord ist.«

Es erfolgte eine Abstimmung, und der Betriebsrat bestätigte den Eindruck des Sekretärs mit neunzehn zu achtzehn Stimmen. Der Abflug wurde auf unbestimmte Zeit verschoben. Die 310 Passagiere warteten bereits seit eineinhalb Stunden in der Abflughalle. Um 10.30 Uhr erklärte ihnen eine Stewardeß, daß die Nackenstützen im

Flugzeug noch gewaschen werden müßten, man aber gleich abfliegen würde. Um 11.30 Uhr kam zufällig der Vorsitzende der Flugbegleitergewerkschaft vorbei und regte eine Verhandlung zwischen den Beteiligten an. Ginzburg blieb fest:

»Der Betriebsrat läßt nicht mit sich spaßen«, erklärte er, »der Jumbo fliegt nicht ab, bis sich Hierspricht öffentlich entschuldigt hat.«

Hiersprichts Entschuldigung, schlug er vor, sollte vor dem gesamten Flughafenpersonal, einigen Regierungsmitgliedern sowie Vertretern der Lufthansa und der Swissair erfolgen, die zu diesem Zweck mit Sonderflügen von München und Zürich herbeizuschaffen seien. Weiterhin forderte er, daß der UN ein ausführlicher Bericht über den einmaligen Vorfall vorgelegt wird.

Kapitän Hierspricht wies die Forderungen hohnlachend zurück.

»Entschuldigen?« fragte er. »Wofür? Die sind wohl nicht ganz dicht.«

»Hansi«, warnte Ginzburg, »keine Entschuldigung, kein Flug.«

»Dann eben nicht, Ginz.«

Der Kapitän zog sich zu einem kleinen Nickerchen ins Cockpit zurück, und die Wartungsmannschaft spielte eine Runde Poker. Die 310 Passagiere lümmelten in ihren Sitzen herum und warteten auf bessere Nachrichten, während die Tatkräftigen eine Stellungnahme der Flughafendirektion erbaten.

Gegen 14.15 Uhr verlangte der Generaldirektor der

Fluglinie eine Aussprache. Ginzburg forderte, der schuldige Kapitän müsse wie folgt Abbitte leisten: »Es tut mir sehr leid.« Hierspricht stimmte der Entschuldigung zu, wehrte sich aber nachdrücklich gegen das »sehr«. »Alles hat seine Grenzen«, sagte er. Um 15.30 Uhr ging die Wartungscrew ins Kino. »Entweder man nimmt zur Kenntnis, daß uns nichts mehr am Herzen liegt als das Wohl der Passagiere, oder ihr könnt den Flug vergessen«, sagte Ginz.

Um 16 Uhr fiel der erste weibliche Fluggast, eine ältere kanadische Heiratsvermittlerin, in Ohnmacht und einige Touristen versperrten die Tür der Abflughalle. Fluggäste, die umbuchen wollten, wurden von den Trägern daran gehindert, die sich aus Solidarität weigerten, die Koffer aus dem bestreikten Jumbo zu holen. Die Verluste der Fluggesellschaft wurden mittlerweile auf 30 Millionen geschätzt. Die Krankenwagen, die das Ehepaar abtransportieren sollten, das sich die Pulsadern aufgeschnitten hatte, kamen nicht, da sich auch die Krankenhäuser im Solidaritätssitzstreik befanden. Um 17 Uhr schlug der Verkehrsminister einen Kompromiß vor: Hansi sollte erklären, es täte ihm »wirklich leid«, mit der Betonung auf »wirklich«.

»Wir sind doch nicht im Kindergarten«, reagierte Hierspricht. Bei dieser Gelegenheit erinnerte er an die Gehaltszulagen der Piloten und die bevorstehenden Beförderungen.

Um 19.30 Uhr hatten sich die meisten Passagiere am Fußboden zur Ruhe gelegt, so daß man über sie hinwegsteigen mußte. Ein belgischer Wissenschaftler stürzte sich auf Ginzburg, um ihn zu erwürgen, wurde aber von der Streikwache unschädlich gemacht. Einige Passagiere hatten sich zusammengetan und waren in die Imbißhalle eingebrochen. Die Polizei erhielt Verstärkung vom Grenzschutz. Um Mitternacht wurde die Besatzung erneut abgelöst, der Navigator hatte eine beachtliche Summe beim Pokern gewonnen. Auf Anweisung Ginzburgs wurde der Jumbo zerlegt, und man nahm aus Sicherheitsgründen kleinere Einzelteile mit nach Hause. Die Verluste beliefen sich auf 1,8 Milliarden. Das Arbeitsministerium bat um eine Stellungnahme des Regierungsjustitiars.

»Aus rechtlichen Gründen kommt eine Schließung des Flughafens und die Eröffnung eines anderen durchaus in Frage«, teilte der Justitiar mit. »Die Alternative wäre, daß die Passagiere auf den Flug verzichten und sich im Lande niederlassen.«

Um 6 Uhr morgens kam die Stunde der starken Hand. Der Staatspräsident schaltete sich ein und bot an, persönlich im Namen der Regierung und ihrer Ministerien, eine Entschuldigung auszusprechen. Ginzburg antwortete höflich, aber entschlossen:

»Immer mit der Ruhe, mein Freund«, sagte er dem Präsidenten, »der Hansi Hierspricht hat uns schlecht gemacht, also muß er persönlich zugeben, daß uns das Wohl der Passagiere am Herzen liegt.«

Der Präsident bekam einen Weinkrampf. Der Gewerkschaftsboß berief eine Pressekonferenz ein und stellte die ultimative Forderung nach dem 14. Monatsgehalt. Die hungrigen Passagiere vesuchten, sich wenigstens an dem Lagerfeuer zu wärmen, das sie mit Hilfe der Einrichtung entzündet hatten. Ein dicker Kaufmann aus Neuseeland war am Morgen spurlos verschwunden. Er hatte sich im Klo aufgehängt.

»Wegen ein paar ausgeflippter Passagiere werden wir doch nicht unseren Prinzipien untreu«, lautete die Reaktion Ginzburgs.

Um 9 Uhr morgens trat die dritte Schicht zum Pokern an. Die Passagiere schlossen Blutsbrüderschaft und gründeten den IBzEsF, den »Internationalen Bund zum Erschlagen streikenden Flugpersonals«. Um 11.30 Uhr beugte sich Hierspricht dem starken gesellschaftlichen Druck und war bereit »Es tut mir leid« zu murmeln, wobei er sich jedoch weiterhin standhaft weigerte, »wirklich« mit Betonung hinzuzufügen.

Der Vorstand der Fluglinie bat um die sofortige Einsetzung eines Konkursverwalters. Ginzburg lehnte kategorisch ab.

»Die Zeiten«, sagte Ginz, »da die Arbeiterklasse den reichen Unternehmern auf Gnade und Ungnade ausgeliefert war, sind unwiderruflich vorbei. Ginzburg hat gesprochen.«

Es ist wichtig zu wissen, daß nur der erste Streik wirklich schwer fällt. Danach geht es wie von selbst. Naturgemäß hat der Mensch eine angeborene Scheu vor der Konfrontation mit dem schäbigen Arbeitgeber, vor der aufgehetzten Öffentlichkeit, vor gesellschaftlichem Boykott und anderen imposanten Begriffen. Doch wenn ein Streikanfänger im öffentlichen Dienst erst einmal den Sprung ins kalte Wasser gewagt hat, wird er schnell feststellen, daß es dort recht angenehm ist. Nicht die Spur von Konfrontationen, niemand verachtet ihn, ganz im Gegenteil, neue Beziehungen entstehen, alte vertiefen sich und nach erzielter Einigung durch beherztes Eingreifen des Ministerpräsidenten in letzter Minute, werden herzliche Umarmungen ausgetauscht.

Jeder, der, warum auch immer, noch nicht gestreikt hat, sollte sich vor Augen führen, daß das Resultat durchaus lohnenswert ist. Ein Streik führt zu besseren Arbeitsbedingungen, Gehaltserhöhungen, zu Hochachtung seitens der Firmenleitung, zusätzlichen bezahlten Arbeitspausen, kurz zu höherem Lebensstandard. Was will der Mensch mehr? Ein Streik macht reicher und glücklicher und wird auch von streikenden Ärzten wärmstens empfohlen.

Übrigens, ein Streik bricht nicht wegen des eigenen Hungerlohns oder gar des Spitzengehalts des Chefs aus, auch nicht wegen irgendwelcher läppischer moralischer Anliegen. Der erste Streik bricht aus, weil in einer anderen Branche mit Erfolg gestreikt wurde. Da wird ein Tabu gebrochen, da horcht der Betriebsrat auf: »Warum hat man den Ambulanzfahrern eine gesalzene Virenzulage genehmigt, können wir den Leuten nicht ebenso gut auf die Nerven gehen?«

Sie können. Wann? Wenn die Gelegenheit zur Erpressung, sprich der Kampf um soziale Gerechtigkeit, am günstigsten ist. Für Hafenarbeiter ist dies die Hauptsaison während des Zitrusfrüchteexports, für Piloten die besinnliche Reisezeit vor Weihnachten. Ein eiliger Kompromiß, bevor alle Dämme brechen, tut dann not.

Ein Star zu werden, ist ein durchaus legitimer Wunsch. Da betritt die Hauptdarstellerin etwa das Büro des Theaterdirektors und droht mit gespieltem Zorn: »Das Publikum kommt meinetwegen, nicht Ihretwegen, mein Bester. Sollte ich heute abend wegen eines unaufschiebbaren Termins bei meinem Ohrenarzt nicht auftreten können, dann werden Sie Ihren Scheißladen dicht machen müssen. Deshalb fordere ich die doppelte Gage und gedämpftes rosa Licht in meiner Garderobe.« Ihre Forderungen werden umgehend erfüllt. Sie betrat das Büro als Schauspielerin und verläßt es nach zweiminütigem Blitzstreik als Primadonna.

Ähnliches spielt sich ab, wenn unser Gewerkschaftssekretär Ginzburg plötzlich feststellt, daß er ohne weiteres die gesamte öffentliche Verwaltung lahmlegen kann. Gütiger Gott, jubelt Ginzburg, ich bin ein Star. Ich bin ein Star!

Jeder Branche ihren Ginz. Auch Ginzburg war einst ein einfacher Arbeiter wie die anderen, nur ein wenig hitzköpfiger und heiserer. Heute ist er als Gewerkschaftsbonze Vorsitzender des Betriebsrats in einem vollklimatisierten Büro mit einer liebenswürdigen blutjungen Sekretärin, und als Funktionär verdient er dreimal so viel wie früher. Warum erhält er dreimal so viel wie die anderen?

Weil er Streiks organisiert.

Ginzburg ist ein von der Firmenleitung bezahltes Pulverfaß. Zweimal jährlich beweist er, daß er sich von den schäbigen Bossen nicht kaufen läßt, daß er furchtlos die Interessen der Arbeiterklasse vertritt, denn sonst wird er im Februar nicht wiedergewählt. Sechs Wochen nach seiner Ernennung beginnt Ginzburg zu ticken, nach drei Monaten ruft er den ersten Streik aus, und innerhalb von zwei Jahren jagt er die Fabrik in die Luft. Eine Zeitbombe, unser Ginz, mit allen Vorteilen und Nachteilen.

Natürlich gibt es anderswo durchaus bewährte Methoden, wie man die Zeitbombe Ginzburg entschärft. In Amerika zum Beispiel würde er mit lautem »Get out« gefeuert. In der Volksrepublik China machte ihn die Regierung zum Insassen eines Arbeaitslagers. In Japan und Korea würde man Ginzburgs Mitarbeitern Spitzenlöhne für Spitzenleistungen zahlen. Aber im verwöhnten Europa gibt es keine Spitzenleistung, keine Löhne, keine Arbeitslager, und niemand wird gefeuert. Und so sieht es dann auch aus.

Charakteristisch für die Politik der westlichen Regierungen ist das schwache Festhalten an starken Prinzipien. Keine ausgeglichene Lohnpolitik, keine wirkliche soziale Gerechtigkeit, kein entschlossenes Vorgehen gegen zweifelhafte Machenschaften, sondern eine Last-Minute-Kapitulation, ganz im Sinne der neuen revolutionären Streik-Politik: »Arbeitet unter euren Fähigkeiten, verdient nach euren erpresserischen Möglichkeiten.«

Das Versagen des Staates ist keineswegs organisiert, sondern auf jämmerliche Weise improvisiert. Jedermann weiß, daß Straßenarbeiter Hungerlöhne beziehen und daß in Krankenhäusern für einen Apfel und ein Ei gearbeitet wird. Jedermann weiß auch, daß ein Streik unmittelbar bevorsteht, aber keine Regierung denkt auch nur im Traum an Gehaltserhöhungen, solange Brosamen akzeptiert werden. Keiner macht sich Gedanken über mögliche Streikfolgen, soll doch der Müll ruhig aus den Tonnen auf die Straßen quellen. Man drückt einfach die Daumen, ein ganzes Jahr lang. Dann schlägt Ginzburg zu. Er hat Blut geleckt, es dürstet ihn nach neuem Streik bis zur bedingungslosen Kapitulation. Manchmal gibt Ginz sich mit Schamzulagen zufrieden, einem Risikobonus oder einer Bügelprämie. In Krisenzeiten aber nennt man die Beute im Gewerkschaftsjargon »Entschädigung für den industriellen Frieden«.

Wahrlich, die Gewerkschaft hat es nicht leicht. Die Arbeiter fordern von ihr, den Streik zu unterstützen, die Regierung hingegen erwartet die Schlichtung. Die Gewerkschaft meistert beide Aufgaben. Bis Ginz an einem Mittwoch feststellt, daß die Gewerkschaft völlig überflüssig ist, daß sie eigentlich nur stört und man sich ganz gemütlich mit dem Finanzministerium direkt einigen kann. Dies nennt man einen wilden Streik, eine abscheuliche Maßnahme, nicht hart genug zu verurteilen, welche die Gesetzgeber zwingt, die sogenannte Abkühlphase einzuleiten. Ginz pfeift darauf, er macht seine eigene Rechnung: Abkühlzeit für die Schokoladenbranche drei Tage, für die Feuerwehr reichen zwei Stunden, für das E-Werk 30 Sekunden.

Am dümmsten sieht in dieser ganzen Angelegenheit die breite Öffentlichkeit aus. Der einfache Bürger gleicht einer Geisel, der die Pistole an die Schläfe gesetzt wird. Er ist hilflos. Die Öffentlichkeit hat keinen Ginzburg, sie ist die einsame Mehrheit, die für alles zahlt und ergeben wartet, daß die Dinge von selbst wieder ins Lot kommen. Anstatt Gegenmaßnahmen zu ergreifen, gibt der Bürger klein bei und ist stolz auf die Strapazierfähigkeit seiner Geduld.

Meine Flughafengeschichte ist eine Illusion. In der Realität schließen Passagiere keine Blutsbrüderschaft, sondern liegen zwei Tage und zwei Nächte lang still und brav am Boden des Flughafens und halten sich für diszipliniert. Die Bürger haben noch nichts von Menschenrechten gehört. Sie sind entweder Angsthasen oder Masochisten. Oder eben Gewerkschaftsmitglieder.

In der Innenpolitik entscheiden allein die Wahlinteressen der jeweiligen Regierungspartei. In der Aussenpolitik jedoch sind auch die Wahlinteressen der anderen Regierungsparteien zu berücksichtigen. Das nennt man höhere Diplomatie. Wer das nicht begreift, wird nie Aussenminister und muss seine Weltreisen selbst bezahlen.

Einige Seiten zuvor waren wir am Flughafen von Tel Aviv. Bleiben wir ruhig noch ein wenig im Land, wo die Pampelmusen blühen. Und leider auch die Waffengewalt. Israels größte Hoffnung ist ein Friedensprozeß, der sich seinen mühseligen Weg durch die Korridore des Weißen Hauses bahnt. Es muß für kommende Generationen festgehalten werden, was alles wir der amerikanischen Vermittlung verdanken.

Der Friedenszirkus

Wie bekannt, stellte die israelische Regierung von Anfang an klar, daß nur ein direktes Treffen mit ihren arabischen Nachbarn am runden Tisch sinnvoll wäre. Syrien gab jedoch bekannt, es folge keiner Einladung, in der das Wort »Tisch« vorkomme und verlangte, »Treffen« durch den neutraleren Begriff »Ansammlung« zu ersetzen.

Nach einem Besuch des amerikanischen UN-Vermittlers mäßigte Damaskus seine ablehnende Haltung und stimmte der offiziellen Formulierung zu, an einem Ort »vorbeizukommen«. Dies dürfe jedoch nicht in einem gemeinsamen Raum mit den Tel Aviver Eroberern stattfinden.

Der israelische Vorschlag lautete, die beiden Delegationen in zwei separaten, jedoch nebeneinanderliegenden Räumen zu versammeln und die Trennwand zu Beginn der Verhandlungen niederzureißen.

Die syrische Regierung antwortete, die Trennwand sei unerläßlich, Israel bestand jedoch auf seiner Forderung, gemeinsam an einem Tisch zu sitzen. Die Debatte war in eine Sackgasse geraten, als der UN-Generalsekretär via Washington den Kompromiß vorschlug, die beiden Delegationen zwar in zwei separate Räume zu setzen, jedoch an einen Tisch. Mit anderen Worten, eine Spezialtruppe von Möbelpackern der Vereinten Nationen würde denselben Tisch von einem Raum in den anderen tragen, je nachdem, wer gerade das Wort hatte.

Die Antwort Syriens war kurz: Wir sind nicht bereit, uns mit Tel Avivern an denselben Tisch zu setzen.

Der israelische Gegenvorschlag lautete: im Stehen zu verhandeln.

Der libanesische: beim Spazierengehen.

Als man immerhin so weit gekommen war, ließ der syrische Präsident das mühsam errichtete Kartenhaus einstürzen. Er sei bereit, erklärte er, zu verhandeln, aber nur direkt, und zwar mit dem Generalsekretär höchstpersönlich. Neue Hoffnung keimte auf, als in Haifa ein pensionierter General namens Sekretär entdeckt wurde, der als General Sekretär zu direkten Verhandlungen mit der syrischen Regierung bereit war. Zunächst hatte es den Anschein, als würde Damaskus das Angebot annehmen, um sein internationales Prestige zu wahren. Als sich jedoch herausstellte, daß General Sekretär mit Vornamen Abraham hieß, scheiterte der schöne Plan.

Da machte das friedliche Jordanien den freundschaftlichen Vorschlag zu indirekten Gesprächen. Die Verhandlungspartner sollten sich nebeneinander hinsetzen, geradeaus blicken, im Profil verhandeln und müßten sich auf diese Weise nicht gegenseitig ansehen. Israel bestand aber auf der Formulierung »face to face«. Die Lösung in dieser verfahrenen Lage stammte vom friedlichen ägyptischen Präsidenten: Man setze sich zwar gegenüber, spreche jedoch nicht miteinander, sondern verständige sich durch vorher vereinbarte Handzeichen, wie zum Beispiel:

Erhobene Hand, vier ausgestreckte Finger, Daumen angelegt, bedeutet: »Rückzug!«

Zwei ausgestreckte Finger, der Daumen liegt über dem Zeigefinger: »Sonst noch etwas?«

Geschlossene Faust, ein erhobener Finger: »Pipi.«

Der libanesische Sprecher signalisierte inoffizielle Zustimmung unter der Voraussetzung, daß die Handzeichen auf französisch gegeben würden, Damaskus distanzierte sich jedoch erneut von jeder Form des »face to face«. Der amerikanische UN-Vermittler überredete die israelische Regierung zum Einlenken und schlug »face to face« durch eine Milchglasscheibe vor, während die Kontakte durch gegenseitiges Lippenlesen stattfinden sollten. Die Syrer forderten eine Glasscheibe von mindestens 12 mm Durchmesser, während sich die libanesische Regierung mit 10,5 mm begnügte, wofür ihr in der »New York Times« große Anerkennung gezollt wurde.

Die israelische Regierung bestand aber nach wie vor

auf direkten Gesprächen, worauf der UN-Generalsekretär mit neuen amerikanischen Plänen nach Kairo fuhr. Die Gespräche sollten jetzt direkt zwischen den Delegationen geführt werden, und zwar auf Tonbandgerät gesprochen, das entsprechend dem Tempo der Debatte von Hand zu Hand gereicht würde. Syrien stimmte unter der Voraussetzung zu, daß das Tonbandgerät der persönliche Besitz des UN-Generalsekretärs und ein iranisches Erzeugnis sein müsse. Dies wurde von der israelischen Regierung mit Nachdruck abgelehnt, denn in einem solchen Fall hätte das UN-Tonbandgerät Diplomatenstatus. Die syrische Regierung bot an, den Dialog mittels dressierter Papageien zu führen, zog den Vorschlag jedoch unter amerikanischem Druck zurück und bot einen unmittelbaren und bedingungslosen israelischen Rückzug an. Dieser Kompromiß wurde von den Tel Aviver Eroberern als zum jetzigen Zeitpunkt unzureichend abgelehnt.

Der Friedensprozeß dauert an.

Fortschrittliche Länder sind an friedlichen politischen Lösungen, von den eigenen Kriegsgelüsten einmal abgesehen, durchaus interessiert. Die Durchsetzung von Kompromißlösungen aber bleibt den Diplomaten vorbehalten, die sogar in der heikelsten Lage noch den richtigen Ton treffen.

Ich gestehe, daß ich diese hochgebildeten Profis schon immer um ihr Talent beneidet habe, sich so bildreich, tiefsinnig und nichtssagend ausdrücken zu können, bis ich vor einigen Jahren während eines Familienurlaubs ihrem Geheimnis auf die Spur kam.

Wir, die beste Ehefrau von allen und die drei Kinder saßen im Auto auf dem Weg zu gastlichen Beduinenzelten, als Amir in seiner Eigenschaft als mittleres Kind zu heulen begann.

Ich griff beruhigend ein.

»Gut, gut, gut. Was willst du mit Papi spielen?«

Amir gab die Spielregeln bekannt.

»Ich will Ja-Nein-Ich-Schwarz-Weiß spielen. Du darfst keines dieser Wörter gebrauchen. Wenn du trotzdem eines gebrauchst, bist du der Idiot.«

Wir fingen an.

»Bist du bereit?« fragte mein Sohn.

»Ja«, antwortete ich.

»Idiot«, stellte Amir fest und wiederholte die verhängnisvolle Frage. »Du bist also bereit?«

»Vollkommen.«

Mit diabolischem Scharfblick hatte ich die Falle erkannt und vermieden.

»Ist Amir ein schönes Kind?« fragte mein Sohn lauernd.

»Möglich.«

»So kann man nicht spielen«, tadelte Amir. »Du mußt in ganzen Sätzen antworten.«

»Gut. Also es sieht ganz danach aus, als wärest du ein schönes Kind, Amir, mein Sohn.«

»Was für eine Farbe hat der Schnee?«

Das war abermals eine Falle, und ich entging ihr kühlen Kopfes.

»Der Schnee hat eine außerordentlich helle Farbe.«

Jetzt versuchte Amir es auf andere Weise.

»Möchtest du gerne singen?«

»Es bereitet mir kein Vergnügen, dich zu enttäuschen«, sagte ich. »Aber meine Stimme ist leider nicht so geartet, daß sie sich zum Singen eignen würde.«

»Warum sprichst du so langsam?«

»Im allgemeinen ist das nicht meine Gewohnheit. Im vorliegenden Fall jedoch erscheint es mir als der einzige Weg, die von dir gestellten Fallen zu umgehen.«

»In Ordnung, Papi. Du kannst das Spiel«, bestätigte Amir. Er unternahm einen letzten, verzweifelten Versuch. »Erinnerst du dich eigentlich noch, welche Wörter du vermeiden mußt?«

»Es handelt sich um bestimmte Schlüsselwörter, die auf Grund einer Übereinkunft für alle Beteiligten von mir nicht verwendet werden dürfen, um meinen Partnern keine Gelegenheit zu geben, mich als Verlierer zu bezeichnen. Wie sich zeigt, hat die Fähigkeit meines Intellekts, sich an gegebene Umstände anzupassen, das gewünschte Resultat gezeitigt, sie ist sogar, darf man annehmen, zu einem integralen Bestandteil meines geistigen Habitus geworden, ohne meine rhetorischen Qualitäten nachteilig zu beeinflussen ...«

Ich verstummte. Ein Schauer des Entsetzens kroch meinen Rücken hoch. Was für eine Ausdrucksweise war das? Woher kannte ich sie? Wer sprach da aus mir?

Um Gottes willen, ich bin Diplomat geworden!

Kalter Frieden

Mit Syrien und seinem libanesischen Schoßhund dauern die Verhandlungen noch an, aber die Friedensgespräche mit Ägypten haben ja, wie allgemein bekannt, seinerzeit einen positiven Verlauf genommen. Dies vor allem als Folge des freundschaftlichen Gesprächs, das einst am frühen Morgen zwischen dem israelischen und dem ägyptischen Präsidenten stattgefunden hat. Die beiden Staatsmänner haben unter anderem vereinbart, die künftige ägyptische Botschaft in Tel Aviv nicht in drei, sondern in fünf Zimmern sternförmig unterzubringen. Die Beziehungen mit dem größten der arabischen Staaten waren somit auf eine neue stabile Basis gestellt, Optimismus und gegenseitiges Vertrauen bestimmten die Atmosphäre. Drei Stunden später jedoch überschattete ein unerwarteter Zeitungsbericht die jüngsten Erfolge. In den Mittagsstunden erschien ein Exklusivinterview, das der ägyptische Präsident in Kairo einer saudiarabischen Regierungszeitung gegeben hatte.

»Die Juden sind noch viel dümmer, als ich gedacht hatte«, wurde der Präsident in dem Blatt zitiert. »Da haben sie ihre Verteidigungsposition auf der Halbinsel Sinai mit 20 Milliarden Fässern Öl mitsamt ihren Siedlungen aufgegeben, und wofür das alles? Nur wegen ein paar verlogener Komplimente, die der israelische Ministerpräsident, dieser jämmerliche Quatschkopf, für bare Münze nimmt. Ich amüsiere mich köstlich über diese Klugscheißer. Die kapieren gar nichts. Unseren Köder haben sie geschluckt wie debile Kinder. Ich persönlich finde Arafat zwar nicht sehr sympathisch, aber um die zionistische Plage zu eliminieren und die Region zu säubern, ist er nützlich. Bald wird er mit Allahs und meiner Hilfe seinen Staat gründen und den Israelis den Laufpaß geben. Nicht mehr lange, und Ägypten kann trotz des Sonderfriedens mit den Zionisten endlich in den Schoß der großen arabischen Familie zurückkehren.«

»Inschallah«, erwiderte der Redakteur der saudiarabischen Zeitung, »und danach, Herr Präsident?«

»Wird der Friedensprozeß fortgesetzt.«

Das Interview hat, trotz einiger nicht zu verachtender Positiva, in Jerusalem doch ein wenig Verwirrung ausgelöst. In Regierungskreisen verweigerte man zunächst jeden Kommentar, schließlich lag der arabische Text ja noch nicht vollständig vor. Als zwei Wochen vergangen waren, kam man aber um eine Reaktion auf das umstrittene Interview nicht mehr herum. Das Außenministerium gab sich vorsichtig empört:

»Die Aussagen seiner Exzellenz, des ägyptischen Präsidenten«, hieß es in einer Pressemitteilung des Ministeriums, »sind der friedlichen Atmosphäre, die zwischen den beiden künftigen Bruderstaaten herrscht, nicht unbedingt zuträglich.«

Besonders kränkend empfand man die undiplomatische Bemerkung »Ich amüsiere mich köstlich«. Hinter den Kulissen munkelte man, der Redakteur des saudiarabischen Blattes stelle gern provokative Fragen, werde jedoch meist nicht ernst genommen. Der israelische Sprecher des Außenministeriums sagte vor dem Parlament zu, die Angelegenheit bei seinem wöchentlichen Frühstück mit dem Sprecher des Innenministeriums zu erörtern. Nachdenklich fügte der erfahrene Diplomat hinzu:

»Seine Exzellenz ist zwar nicht unbedingt einer unserer Leute, aber zum ersten Mal hat der Staatschef des größten arabischen Landes erklärt, er könne Arafat nicht leiden. Das ist schließlich die Hauptsache.«

Im Präsidentenamt bildete man ein Komitee, um den Inhalt des umstrittenen Interviews zu analysieren. Als sich nach eingehenden Beratungen mit namhaften Sprachwissenschaftlern herausstellte, daß es im literarischen Arabisch vier Synonyme für das benutzte Wort »Plage« gibt, nämlich »Satan«, »Schädling«, »Hindernis« und »Pest« geriet Jerusalem in helle Aufregung.

»Welches Hindernis?« entrüstete man sich. »Warum denn Hindernis? Wofür sind wir ein Hindernis?«

Schließlich wurde vereinbart, über die geläufigen diplomatischen Kanäle, das heißt über die amerikanische Botschaft, beschwichtigende Erklärungen von Kairo zu fordern. Aus dem ägyptischen Außenamt war jedoch kein Bulletin zu erhalten, da der Minister Schnupfen hatte.

»Unser Präsident hat lediglich eine private Bemerkung

fallenlassen«, ließ der diensthabende Pförtner in einem direkten Telefonat verlauten, »die muß sich nicht unbedingt mit seiner offiziellen Meinung decken.«

Man kam in liberalen israelischen Kreisen zu dem Schluß, die sehr persönlichen Anmerkungen des Präsidenten in Kairo seien eine durchaus begründete Reaktion auf die heftigen israelischen Presseattacken nach seinem Interview.

Der Ministerpräsident gab bekannt, er habe soeben mit dem ägyptischen Präsidenten am Telefon geplaudert, und Seine Exzellenz habe innige Glückwünsche an seine Gattin für die glückliche Geburt aller jüdischen Kinder während des letzten Jahres übermittelt. Der Ministerpräsident teilte mit, er habe vorgehabt in seinem in herzlicher Atmosphäre geführten Gespräch auch die weniger glücklichen Formulierungen anzusprechen.

»Der ›jämmerliche Quatschkopf‹ war schließlich nicht so ohne weiteres zu akzeptieren«, bemerkte der Ministerpräsident, »aber ich wollte die so angenehme Stimmung nicht beeinträchtigen.«

Den Beratern des Ministerpräsidenten lag inzwischen eine Übersetzung des Interviews vor, aber darin läßt sich schließlich die eine oder andere sprachliche Ungenauigkeit nicht ganz vermeiden. Im Arabischen benutzt man zum Beispiel die maskuline Form sogar dann, wenn eine Gruppe auch mit weiblichen und sächlichen Elementen gemeint ist. Der Ausdruck »den Israelis den Laufpaß geben« war daher nicht ganz genau zu deuten. Einer der Diplomaten telefonierte deshalb direkt über Washington nach Kairo und bat um die Meinung des ägyptischen Justizministers.

»Soweit ich das beurteilen kann«, so der Minister, »kann es sich hier, zumindest was den Laufpaß betrifft, auch um Frauen und Kinder handeln.«

Das setzte dem Ganzen die Krone auf. Der Ministerpräsident hielt sich nun nicht mehr zurück.

»Kein jüdisches Kind bekommt den Laufpaß«, erklärte er unter dem Jubel des Jüdischen Weltkongresses. »Das widerspricht dem Geist unseres künftigen Friedensvertrages.«

Der amerikanische Botschafter warnte beide Seiten vor überzogenen Reaktionen, es lag jedoch bereits ein offizieller Protest der ägyptischen Regierung vor. »So nicht. So haben wir uns den Frieden mit Israel nicht vorgestellt«, hieß es in der grimmigen diplomatischen Note. Dennoch zeichnete sich plötzlich eine Lösung des völlig überflüssigen Zwischenfalls ab, die alle Seiten befriedigte. Vertraute des ägyptischen Präsidenten gaben nämlich inoffiziell zu verstehen, daß der Präsident kein Antisemit im klassischen Sinne des Wortes sei.

Der Friedensprozeß war nun nicht mehr aufzuhalten. Der Touristenstrom nahm mit der Ankunft einer zweiköpfigen Rabbinerdelegation aus Alexandria spürbaren Aufschwung, und man munkelte sogar von einer Teilnahme Omar Sharifs an dem internationalen Bridgetournier in Haifa. Im übrigen hat man sich bereits auf einen regen Künstleraustausch geeinigt: Luciano Pavarotti wird in Kairo und Esther Ofarim in Tel Aviv auftreten.

Freundlich fragte eine israelische Journalistin den designierten Botschafter Ägyptens in Israel, wie er die Absicht des Präsidenten deute, gleich nach Israels Beseitigung in den Schoß der großen arabischen Familie zurückzukehren. Der designierte Botschafter antwortete diplomatisch:

»Als Normalisierung, nehme ich an.«

Um zu illustrieren, was es für den Autor bedeutet, im Nahen Osten zu leben, enthält diese Studie auch die Schilderung eines Vorfalls, wie er sich recht häufig in einem unserer Nachbarstaaten ereignet.

Erst jetzt, da alles vorbei ist, kann der Verlauf des letzten marokkanischen Militärputsches genau rekonstruiert werden. Ich weiß, daß die Wahrheit jede schriftstellerische Phantasie an Absurdität übertrifft, aber es ist und bleibt ein präziser Bericht. Es spielte sich genau so und nicht anders ab. Wer's nicht glaubt, kann jeden Marokkaner fragen.

Die Panne im Sommerpalast

Unbestreitbar ist jedenfalls, daß 23 ausgewählte Kadetten der Militärakademie damit beauftragt wurden, König

Hassan den Zweiten während der Feierlichkeiten zu seinem Geburtstag vor einem geplanten Attentat zu schützen. Auf Weisung des Geheimdienstes kamen die Attentäter in Militärjeeps zur Party, während die Kadetten auf zehn offene Lastwagen verteilt wurden. Auf ihrem Weg zum Sommerpalast hatte es jedoch zu nieseln begonnen, und die durchnäßten Kadetten hatten beschlossen, mit den Attentätern gemeinsame Sache zu machen.

Die Vorgesetzten der Kadetten, die ihrerseits den König längst hatten umbringen wollen, wußten nichts von diesem Sinneswandel, weil sie in ihren Limousinen vor dem Regen sicher waren. Und so ging später alles drunter und drüber.

Als die Kadetten den Garten des Sommerpalastes stürmten und das Feuer eröffneten, nahmen die Gäste an, es handle sich um ein historisches Feuerwerk, und spendeten lebhaft Beifall. Ihre Enttäuschung war um so größer, als sie entdeckten, daß sie auf dem besten Wege waren, umgebracht zu werden. Der König empfing seine Mörder, die er für seine Beschützer hielt, äußerst zuvorkommend, obwohl die Kadetten mit Pistolen, Maschinengewehren und einer Feldhaubitze auf ihn zielten. Sie verfehlten ihn jedoch, und so kamen nur zwei Diplomaten und ein angesehener Mathematiker am anderen Gartenende ums Leben.

Das Chaos war perfekt. Jemand rief: »Licht aus!«, aber das war nicht möglich, denn es war Vormittag. Die Kadetten schossen weiterhin wild um sich und erwischten dabei auch den einen oder anderen ihrer Vorgesetzten, obwohl sie eigentlich nur den König suchten. Denn trotz der minutiösen Vorbereitungen zum Schutze Hassan des Zweiten hatte niemand den Kadetten mitgeteilt, wie der König überhaupt aussah, so daß die Jungs von Mann zu Mann mußten, um ihn auszukundschaften.

Auch der König selbst wurde gefragt. Seine Antwort war allerdings recht unbefriedigend.

»Ach was«, winkte er ab. »Wir sind bestimmt nicht der König.«

So wurde der König auf wundersame Weise gerettet. Auch als er sich anbot, die Mordbuben persönlich durch den Sommerpalast zu führen, weil er sich in den Räumlichkeiten recht gut auskenne, wurde niemand argwöhnisch. Die Kadetten durchsuchten jeden einzelnen Raum, während ihr Feldwebel über Megaphon verlautbaren ließ: »König Hassan der Zweite zur Information, bitte!« Die Ansage kam in sechs Sprachen, aber es meldete sich nur ein deutscher Bankier namens König und wurde auf der Stelle erschossen. Es war wirklich zu dumm. Da war man endlich in den Palast vorgedrungen, um irgendeine politische Wende herbeizuführen, und dann wußte keiner, wie der König aussah. Ein Oberleutnant zog ein Foto aus der Tasche, aber es war nur das Bild seines Adoptivsohns. Jemand erinnerte sich dunkel, daß man davon gesprochen habe, der König wäre nicht sehr groß und trage gerne Generalsuniform. Das führte zu einem Gemetzel unter den kleingewachsenen hohen Militärs und zu einer erneuten wilden Schießerei, bis man sein eigenes Wort nicht mehr verstand.

Inzwischen hatten die echten Attentäter statt des königlichen Hofs den Rundfunk besetzt, die Republik ausgerufen und eine Militärparade für den nächsten Morgen angekündigt. Zur gleichen Zeit beendete König Hassan, gefolgt von seinen Kadetten, die Palastführung und hüpfte über verschiedene kleinere Generäle hinweg, während die Jungs hinter ihm vor Müdigkeit taumelten. In der Küche trafen sie auf den Generalstabschef. Er war auf der Suche nach irgend etwas Brauchbarem gegen Kopfweh. Der gezielte Kopfschuß eines Kadetten beendete den Schmerz. Als in der Toilettenanlage der stellvertretende Generalstabschef aufgestöbert wurde, übergab ihm der König das Kommando mit den Worten:

»Wir haben die Nase voll von dieser Party.«

Der gespreizte Tonfall ihres Palastführers mit der Krone auf dem Kopf kam den Kadetten allmählich verdächtig vor, und es dämmerte ihnen, daß es sich bei ihm, wenn nicht um König Hassan selbst, so vielleicht um Hassan den Zweiten handeln könnte. Sie waren sich aber nicht sicher, und im übrigen war ihnen inzwischen alles egal, auch, daß Hassan zum technischen Sieger erklärt wurde. Sie fielen vor dem König auf die Knie, küßten seine Hände und baten um ein Autogramm. Der König schien recht zufrieden mit dem Ausklang seines festlichen Geburtstages, wünschte den Kadetten eine erfolgreiche Karriere und verteilte Schlüsselanhänger, während der Sicherheitsdienst Marokkos Bevölkerung unter Arrest stellte.

In seiner morgendlichen Rundfunkansprache übte der König scharfe Kritik an dem operativen Niveau des dilettantischen Aufstands.

»Man sollte vielleicht doch besser wissen, worum es geht, bevor man in unserer Gegend eine Revolution anzettelt«, sagte der König und verordnete drei jährliche Nationalfeiertage.

Völker sind ihren Nachbarn meist ein Rätsel. Man kann lange Jahre nebeneinander her leben, ohne sich zu kennen, bis man eines schönen Tages feststellt, daß der andere eigentlich recht sympathisch ist. So hat zum Beispiel die napoleonische Großmacht La France erst vor einigen Dutzend Jahren und ganz zufällig ihre Freundschaft zu uns entdeckt, als beide Staaten in einen gemeinsamen Krieg gegen ihren Erzfeind um den Suezkanal verwickelt waren.

Eine solche spontane Annäherung hat natürlich auch reale Gründe, zum Beispiel jene, daß beide Länder erklärte Demokratien sind, beide nach kulturellen und moralischen Wertvorstellungen streben und daß beide sich in einem Schlamassel befinden. Der einzige Unterschied ist, daß La France mindestens zehnmal soviel Einwohner hat wie Israel, aber das ist schließlich ein rein quantitativer Aspekt.

Man kann die Sympathie, die die beiden Länder füreinander entdeckten, kaum in Worte fassen. Es ist, als fühlten beide Völker: Wir sind zwei verlorene Brüder, die sich wiedergefunden haben. Das Bündnis war zwar noch nicht offiziell besiegelt, aber mit dem Herzen bereits vollzogen, und das ist schließlich das Entscheidende. Auch die kulturellen Beziehungen festigten sich, hervorragende Chansonniers strömten auf Konzerttourneen zu uns, unsere Bürger lernten französisch und der Botschafter von La France hebräisch. Am Horizont zeichnete sich nichts ab, was »The French Connection«, eine so überaus erfrischende Erscheinung in dieser korrupten Welt, erschüttern könnte.

Und dann geschah doch etwas. Der oben erwähnte gemeinsame Erzfeind machte das Angebot, 420 Kühlschränke Made in France zu kaufen. Das französische Außenministerium befand sich in einer prekären Situation. Einerseits die junge ewige Freundschaft, die es mit unserem kleinen, tapferen Land verband, andererseits sind 420 Kühlschränke immerhin 420 Kühlschränke. So hat La France auf die ewige Freundschaft verzichtet. Man kann das durchaus verstehen. Wie sagt man doch so schön in Paris?

C'est la guerre.

✲

Der jüdische Staat ist doch nicht allein. Er hat viele Freunde in der großen weiten Welt, viele internationale

Einrichtungen unterstützen ihn, manche in Übersee wie die USA zum Beispiel, oder um nur einige andere zu nennen, die Vereinigten Staaten oder ein weiteres Beispiel – habe ich schon Amerika erwähnt?

Leider gibt's nicht in jedem Staat so viele jüdische Wähler …

Ans Rote Kreuz geschlagen

Über dem Haus der bösen Hexe dämmerte ein ganz gewöhnlicher Morgen. Hänsel war im Käfig eingesperrt und wartete darauf, von der Hexe verspeist zu werden, während Gretel trockenes Reisig aus dem Wald herbeischleppen mußte. Damit wollte die Hexe den Ofen heizen, in dem Hänsel gebraten werden sollte.

Plötzlich erschien auf der Schwelle des Hauses ein vornehm gekleideter Herr von edlem humanitären Aussehen. Tiefe Liebe zur Menschheit sprach aus seinen Gesichtszügen und aus der Stimme, mit der er sich vorstellte.

»Ich heiße Doktor Fromage, repräsentiere das Internationale Rote Kreuz und wurde von der Zentrale hierhergeschickt, um meine guten Dienste anzubieten.«

Ihr könnt euch denken, mit welcher Freude die beiden armen Kinder das hörten.

»Helfen Sie uns, lieber Herr«, rief Hänsel. »Retten Sie mich vor dieser Hexe, die mich verspeisen will.«

Ohne zu zögern, rückte Dr. Fromage die Dinge zurecht.

»Sie mißverstehen mich«, sagte er. »Ich habe nicht die Absicht, mich in interne Streitigkeiten einzumischen. Meine Aufgabe besteht darin, für das Leben und die Sicherheit aller Kinder und aller Hexen zu sorgen, ohne Ansehen der näheren Umstände.«

Und er schüttelte sowohl der Hausfrau wie ihrem künftigen Braten mit gleicher Herzlichkeit die Hand.

»Das nenn ich Objektivität«, sagte die Hexe und blinzelte dem Besucher aus halbblinden Augen freundlich zu. Dann befahl sie dem armen Hänsel, einen Finger durch die Gitterstäbe seines Käfigs zu stecken, damit sie ihn abtasten und feststellen könne, ob der Braten schon fett genug wäre. Hänsel jedoch, wie an jedem Morgen, hielt ihr ein trockenes Hühnerbein hin, um sie zu täuschen. Und richtig, die Hexe fiel abermals darauf hinein.

»Verdammt«, rief sie, »du bist ja noch immer ganz knochig.«

Da trat Dr. Fromage dazwischen und räusperte sich:

»Was Sie berührt haben, Madame, war kein Finger, sondern ein Hühnerknochen. Als Repräsentant des Roten Kreuzes«, damit wandte er sich indigniert an Hänsel und Gretel, »kann ich derartige Täuschungsmanöver nicht zulassen. Ich würde mich sonst einer Bevorzugung einer der beiden streitenden Parteien schuldig machen.«

»Ei, das ist recht«, freute sich die Hexe. »Ei, wie mir doch die Genfer Konvention behagt.«

Sie beschloß, den armen Hänsel sofort zu braten, und ging in die Küche, um ein paar Gewürze zu holen.

Ihre unverhoffte Abwesenheit machte den Kindern Mut, aufs neue um Hilfe zu flehen.

»Guter Herr«, schluchzte Gretel, »wenn Sie ein Herz im Leibe haben, dann öffnen Sie den Käfig und lassen meinen armen Bruder frei.«

»Das will ich gerne tun«, lautete die Antwort. »Aber nur auf Grund einer schriftlichen Zustimmung der Hexe. Bitte haben Sie Verständnis für meine Position. Wenn sich herausstellt, daß ich es war, der die Zubereitung Ihres Bruders verhindert hat, wird keine Hexe der Welt jemals wieder mit uns zusammenarbeiten, und wir werden unsere segensreiche Tätigkeit im Interesse der leidenden Menschheit nicht aufrechterhalten können.«

»Bin ich denn kein Mensch?« erklang aus dem Käfig Hänsels zaghafte Stimme. »Leide ich vielleicht nicht?«

»Gewiß«, begütigte ihn der vornehme Herr. »Aber es ist ebenso gewiß, daß auch die Hexe unter dem erzwungenen Verzicht auf die von ihr geplante Mahlzeit leiden würde. Das Rote Kreuz muß streng neutral bleiben.«

Als die Kinder sahen, daß ihr Schicksal besiegelt war, brachen sie in lautes Schluchzen aus.

»Wehe uns«, schluchzten sie. »Wir sind verloren.«

Jetzt ist der Zeitpunkt für Verhandlungen gekommen, dachte Dr. Fromage, hißte eine weiße Fahne und begab sich in die Küche, um der Hexe Bericht zu erstatten.

»Die Kinder sagen, ich zitiere wörtlich: ›Wehe uns, wir sind verloren.‹ Und zwar sagen sie das unter Tränen.«

»Um so besser.« Die Hexe nickte befriedigt und fuhr fort, ihre Schürze mit allerlei Gewürzen zu füllen. »Tränen sind salzig und werden den beiden kleinen Dummköpfen einen angenehm pikanten Geschmack verleihen.«

Die weiße Fahne schwenkend, kehrte Dr. Fromage zu den Kindern zurück und setzte die Verhandlungen fort.

»Im Auftrag der Hexe habe ich mitzuteilen, daß der Salzgehalt der Tränen euch beiden kleinen Dummköpfen einen angenehm pikanten Geschmack verleihen wird.«

»Weh und abermals weh«, schluchzten die Kinder. »Gibt es denn gar keine Rettung für uns?«

Dr. Fromage nahm telefonische Verbindung mit dem Genfer Hauptquartier auf, bat um Direktiven und erfuhr, daß die Satzungen des Internationalen Roten Kreuzes gegen das Braten und Verzehren kleiner Kinder ausdrücklich nichts vorsahen und daß daher keine Möglichkeit zu einer Intervention bestand.

Die böse Hexe war unterdessen nicht müßig. Sie schürte das Feuer im Backofen und befahl der armen Gretel, ihr behilflich zu sein, den armen Hänsel ins Ofenrohr zu schieben. Um zu zeigen, wie sie das anstellen solle, bückte sich die Hexe ein wenig vor – und hui! – schon hatte Gretel sie gepackt, stieß sie mit einem Ruck ins offene Backrohr und schloß das eiserne Ofentürchen hinter ihr zu.

Aber gerade als Hänsel und Gretel vor lauter Glück über ihre wunderbare Rettung zu tanzen beginnen wollten, erschien Dr. Fromage in der Küche, überblickte blitzschnell die Lage, zog die an mehreren Stellen schon leicht angebrannte Hexe aus dem Ofen heraus und entschuldigte sich bei ihr für den tückischen Gewaltakt, der unter Mißachtung aller Gebote der Fairneß und der Zivilisation an ihr begangen worden war.

»Der Status quo«, erklärte er feierlich, »wird weder durch List noch durch Gewalt eine Änderung erfahren, solange ich hier bin.«

»Das klingt sehr überzeugend«, bemerkte Hänsel, ergriff den Besen der Hexe und schlug damit so heftig auf Dr. Fromage ein, daß der Repräsentant des Roten Kreuzes rasch das Weite suchte, nicht ohne einen Protest seiner Organisation bei den einschlägigen internationalen Gremien anzukündigen.

Die Kinder kümmerte das nicht. Sie schoben die Hexe wieder ins Ofenrohr zurück, warteten, bis sie gut durch war, und verspeisten sie unter fröhlichem Lachen und Scherzen. Noch nie hatte ihnen eine Hexe so gut geschmeckt.

Während des Zweiten Weltkrieges hat eine Delegation von einem Dutzend Mr. Fromages als Beobachter des Roten Kreuzes auch das jüdische Ghetto in Theresienstadt inspiziert und befunden, daß alles in perfekter Ordnung sei. Die Ghettobewohner wurden nach dem positiven Gutachten der Delegation unverzüglich ermordet. Der Mann, der ihren Mord befohlen hatte, überlebte und ließ sich als politischer Flüchtling in Argentinien nieder.

Ein Brief an Adolf Eichmann

Sie befinden sich nicht gerade in einer beneidenswerten Lage, mein Herr. Ein Europäer in der Hand von Orientalen, der gefesselte Gulliver im Land der Liliputaner. Zweifellos eine Ungerechtigkeit, die zum Himmel schreit, obwohl der Führer ja selbst einst so treffend bemerkte, daß »der Starke immer recht habe«. Doch was kann ein übriggebliebener Übermensch gegen den israelischen Sicherheitsdienst ausrichten?

Bei unserem letzten Treffen waren die Karten anders verteilt. Der Verfasser dieser Zeilen wurde von grölenden ungarischen Soldaten aus der Rakoczy Straße in Budapest direkt ins Schlachthaus geführt, das seltsamerweise Arbeitslager genannt wurde, wobei der gelbe Stern auf seiner Brust signalisierte, daß es sich hier um einen Untermenschen besonderer Art handele. Der Held, der die Kolonne anführte, schrie plötzlich: »Stillgestanden, drekkige Schweine«, und wir erstarrten auf der Stelle. Wir konnten gerade noch einen flüchtigen Blick auf das schwarze Auto werfen, das, eskortiert von bewaffneten SS-Männern auf Motorrädern, an uns vorbeiraste. In dem Auto saß der allmächtige Herrscher des Universums, Obersturmbannführer-Einsatzkommando-SS-General Karl Adolf Eichmann, dessen Name allein schon genügte, um uns über alles in Zweifel zu stürzen, was wir in der Schule über Moral, Gerechtigkeit und Gott gelernt hatten. Unschuldig zur Schlachtbank geführt zu werden, und dann auch noch zu Ehren des verhaßten Henkers stramm stehen zu müssen, dieses Gefühl, Adolf, werden Sie zu meinem größten Bedauern niemals bei uns kennenlernen. Wie auch immer, wenn damals, in der Rakoczy Straße, jemand aus Palästina mir auf die Schulter getippt und ins Ohr geflüstert hätte: »Mach dir nichts daraus, mein Sohn, in 15 Jahren wirst du ihm, kurz vor seinem Prozeß in Jerusalem, einen Brief schreiben«, wenn mir damals jemand einen solchen Unsinn zugeflüstert hätte – hätte ich ihn ohnedies nicht verstanden, weil ich der hebräischen Sprache noch gar nicht mächtig war.

Hingegen erzählt man sich, daß gerade Sie, Adolf – was für eine Ironie des Schicksals – gerade Sie mit meiner neuen Sprache vertraut waren. »Kraft Ihres Amtes«, wie man so schön sagt, denn Sie waren ja zuständig für die »Endlösung der Judenfrage«.

Leider wird heute niemand mehr nachvollziehen können, was Adolf Eichmann für die Juden Europas verkörperte. Das ist beispiellos, einmalig in der Geschichte der Menschheit. Die unglücklichen Gemeindeältesten des Ghettos nannte er ausschließlich »stinkende Saujuden«. Die jämmerlichen Gestalten standen, vor Angst halb wahnsinnig, schwitzend und am ganzen Körper zitternd an der Schwelle zu seinem Büro. Näher durften sie nicht kommen. Wegen des Gestanks.

Ein alter Rabbiner in unserem Haus seligen Angedenkens erzählte, die schlimmsten Momente seines Lebens seien seine Treffen als Mitglied des Gemeinderates mit Adolf Eichmann gewesen. »Dieser Mann war unter der Maske des Durchschnittsbürgers eine teuflische Kombination aus Sadismus, Haß und Intelligenz«, erzählte der Greis in Erinnerung daran noch immer erbebend. »Diese Kreatur sah ihre Lebensaufgabe darin, die Kinder der besten Bürger einer Rasse für immer und ewig auszurotten.«

Sie haben einen Anwalt verlangt, Adolf. Immerhin. Wer kann sich auf einen gerechten Prozeß verlassen, wenn nicht Sie?

Ohne Gerechtigkeit ist unsere Welt tatsächlich nichts wert. Auch ich habe stets die Gerechtigkeit verfolgt, genauer gesagt, mich hat Eichmann verfolgt, und ich die Gerechtigkeit. Herr Eichmann, wie sich aus diesem Schreiben schließen läßt, hat mich nicht gekriegt, aber, da wir im Kreis herumgerannt sind, hat ihn die Gerechtigkeit erwischt. Stellt sich die Frage, was sollen wir mit diesem Eichmann anstellen?

Wir machen Ihnen den Prozeß. Gut, sagen Sie, aber warum gleich einen Schauprozeß? Hab ich vielleicht Journalisten aus aller Welt angeschleppt, als ich euch in die Schlachthäuser führte?

Nein, Adolf, Sie haben alles taktvoll und ohne Aufsehen durchgeführt. Nur wir machen ein solches Trara drumherum.

Aber glauben Sie mir, es geht nicht um Genugtuung oder Rache. Wir freuen uns ganz einfach, wir freuen uns unheimlich. Nicht darüber, daß Sie gefaßt wurden, sondern darüber, daß Sie von uns gefaßt wurden. Adolf ist wieder bei uns. Adolf ist in Jerusalem. Adolf befindet sich in vierzehntägiger Haft, mit Option auf Verlängerung.

Ein Traum. Wir könnten weinen vor Glück. Allein dafür hat es sich gelohnt, den jüdischen Staat zu gründen.

Gerne würde ich vor dem Prozeß noch eine organisierte Rundfahrt durch unser Land mit Ihnen machen, damit Sie mit eigenen Augen unsere grünen Felder sehen können, die jungen Rekruten am Straßenrand, die riesigen Wasserrohre Made in Israel, unsere Kindergärten, die jungen Mädchen am Strand, die Universitäten und die anderen Kleinigkeiten. Damit Sie nächstens, wenn Sie ihren Boss da unten wiedersehen, erzählen können, daß Sie die Endlösung der Judenfrage erblickt haben.

»Ich kenne Ihren Lieblingsminister zwar nicht persönlich, mein Herr, aber was mir über ihn zu Ohren gekommen ist, reicht mir. Ich frage mich, hat denn dieser Mann kein Rückgrat? Da hat man endlich alle überflüssigen Subjekte der vorherigen Regierung aus den Schlüsselpositionen entfernt, und alle haben ruhig und gefaßt ihren Abschied genommen. Nur er sitzt nach wie vor auf seinem Stuhl, als habe man ihn festgeklebt. Eine Schande ist das. Dieser schäbige Opportunist hat doch nur auf Kosten des früheren Ministerpräsidenten Karriere gemacht! Aber glauben Sie etwa, das hindere ihn daran, jetzt auch der neuen Regierung zu dienen? Für ihn zählt nur sein politischer Erfolg, der öffentliche Ruhm. Er mag ja nicht ganz unbegabt sein, aber was seinen Charakter betrifft …«

»Verzeihen Sie, wenn ich Sie unterbreche, aber er ist doch längst zurückgetreten.«

»Da sehen Sie es. Haben Sie denn von ihm erwartet, daß er auf die Interessen des Staates, auf das Wohl des Volkes Rücksicht nimmt? Der doch nicht, mein Herr. Die alte Führung macht nur einen Mucks, und schon schmeißt er alles hin, ohne auch nur mit der Wimper zu zucken. Die Sicherheit des Staates, das wirtschaftliche Wachstum, woher soll es denn kommen? Ihrem Lieblingsminister ist es doch piepegal, wenn das Land draufgeht. Nur auf seine persönliche Karriere kommt es ihm an. Es läuft mir kalt den Rücken hinunter, wenn ich daran denke, daß dieser schäbige Opportunist in seinem Ministerium Jahre hindurch das Sagen hatte. Vielleicht ist er ja nicht ganz unbegabt, aber was seinen Charakter betrifft …«

Der Volkstribun

»Es tut mir aufrichtig leid, Herrschaften«, verkündete unser Gastgeber Dr. Mück, »aber unser Ehrengast Avigdor Bopkes hat eben angerufen und mitgeteilt, daß er nicht kommen kann, weil er heute bei einer Tagung der Gesellschaft für ethische Erneuerung den Vorsitz führen muß.«

Uns allen entfuhr ein Seufzer der Erleichterung.

»Hätte ich gewußt, daß dieser Halunke auf der Einladungsliste steht, wäre ich ohnedies daheim geblieben«, knurrte Felix Selig.

Ich empfand ähnliches. Zwar kenne ich Bopkes nur vom Wegsehen, besonders, wenn er auf dem Fernsehschirm auftaucht, aber das genügt mir. Der Mann hat bekanntlich eine Verbrechervisage mit den eiskalten Augen eines Scharfrichters.

»Ich habe gehört, daß er von allen Parlamentariern die meisten Verkehrsübertretungen begangen hat«, erzählte Erna Selig. »Seine beiden Chauffeure sollen im vergangenen Jahr über 480 Strafmandate bekommen haben, die er als Abgeordneter nicht bezahlen muß.«

Flugs versammelte sich in unserer Ecke ein aufrechtes Fähnlein von rabiaten Bopkes-Beschimpfern. Irgendwer bemerkte, es sei eine öffentliche Schande, vor einigen Tagen ausgerechnet Bopkes mit dem Vorsitz eines der wichtigsten Ausschüsse zu betrauen.

»Es war eine glatte Erpressung von ihm«, informierte uns Professor Marom, der Historiker. »Als man ihm den Vorsitz verweigern wollte, drohte er, eine neue Fraktion zu gründen, und zwar die PIS, ›Partei ideologischer Sauberkeit‹.«

Ein anderer erzählte, daß Bopkes kürzlich aufgefordert wurde, seinen riesigen Benzinfresser gegen ein kleineres Auto einzutauschen, worauf er bei Versammlungen der »Neuen Linken« auftauchte und Reden hielt, in denen er »eine realistischere Einstellung zur Lösung der Dienstwagenkrise« forderte.

»Und was war?« fragte ich. »Hat er jetzt einen kleineren Wagen?«

»Natürlich nicht. Lesen Sie doch die Zeitungen. Vorigen Montag stand er im Abgeordnetenhaus auf und verlangte die sofortige Annexion sämtlicher Ölfelder in Saudiarabien.«

Dann erzählte Beni Rotholz die Geschichte von der letzten Wahlschlacht. Die Partei verweigerte ihm einen sicheren Platz auf der Kandidatenliste, worauf sich Bopkes sowohl den Kommunisten als auch den Hauseigentümern als Mitarbeiter angeboten haben soll. Er gründete daraufhin das »Lager der Moralischen Gesetzeshüter« und landete an dritter Stelle der Kandidatenliste.

»Außerdem ist er ein notorischer Lügner«, berichtete Felix. »Seit Jahren erzählt er, daß er Major bei der Fallschirmspringertruppe war. In Wahrheit mußte man ihn wegen erwiesener Debilität aus der Armee entlassen.«

Erna begann zu kichern:

»Sein Intelligenzquotient beträgt höchstens 23. Sogar mein Kater hat mehr.«

»Ich weiß nicht«, Professor Marom kratzte nachdenklich sein Ohr, »ich höre aus informierten Kreisen, daß er seinen Schwachsinn nur simuliert hat, um der Armee zu entkommen.«

Wie dem auch sei, wenn es um persönliche Vorteile geht, weiß sich Bopkes zu helfen, darüber waren sich alle einig. Zum Beispiel verlangte er anläßlich der letzten Budget-Debatte für alle Abgeordneten steuerfreies Taschengeld sowie ein frei verfügbares Kontingent von Milch und Honig.

Es wird ihm auch nachgesagt, daß er niemals Briefe verschickt, sondern nur Telegramme. Er vertritt nämlich den Standpunkt, daß die Porto-Befreiung der Abgeordneten nur dann sinnvoll ist, wenn die Post auch schnell befördert wird.

»Zu allem Überfluß ist er auch noch ein widerlicher Speichellecker«, stellte Erna fest. »Habt ihr im Fernsehen gesehen, was er neulich tat, als der Ministerpräsident mit seiner Rede fertig war? Bopkes eilte schluchzend vor Rührung zu ihm und verkündete, daß man neben seiner Rhetorik die von Churchill vergessen könne. Nachher soll er in der Milchbar des Parlaments vor Zeugen behauptet haben, daß der Premier ›ein rollender Zwerg‹ wäre.«

»Der Jammer ist, daß alle vor seinem dreckigen Mundwerk Angst haben«, fügte Beni Rotholz hinzu. »Ich sehe den Tag kommen, da man ihm den Posten eines Ministers anbietet, nur damit er endlich sein ungewaschenes Maul hält.«

»Was?« Die Bildhauerin Ilana Wasser-Mayim war empört. »Dieser Ausbund an Kulturlosigkeit soll in die Regierung? Seine ältliche Sekretärin hat mir, kurz nachdem sie von ihm geschwängert wurde, erzählt, daß sie einmal eine Reproduktion von Rembrandts Selbstporträt an die Wand seines Büros gehängt hat. Wißt ihr, was geschah? Bopkes kommt ins Büro, sieht das Bild und fragt, wo das Bild von dem alten Knacker herkommt. Die Sekretärin erklärt ihm, daß es von Rembrandt ist. Darauf gibt er ihr den Auftrag, es an den alten Trottel zurückzusenden.«

Während wir uns noch vor Lachen ausschütteten, kam unser Gastgeber Dr. Mück aufgeregt zu uns und rief freudestrahlend:

»Eben hat er angerufen, daß er doch noch kommt! Zwar nur für einige Minuten, aber immerhin ...«

Vermutlich war es nur eine Reflexbewegung, daß ich meine Krawatte richtete. Ilana holte einen Spiegel aus ihrer Handtasche, um ihre Lippen nachzuziehen. Schließlich geschieht es nicht jeden Tag, daß man einem waschechten Abgeordneten persönlich gegenübersteht. Einem Mann, dem einmal der Papst die Hand geschüttelt haben soll. Außerdem ist er mindestens zweimal pro Woche im Fernsehen.

Auch Professor Marom zupfte nervös an seinen Hemdärmeln. Die beiden Seligs hingegen begaben sich unbemerkt zur Eingangstür, um die ersten zu sein, denen der Volkstribun die Hände reichen würde.

Dr. Mück stand am Fenster Wache.

»Soben fährt sein Wagen vor«, berichtete er. »Jetzt bleibt er stehen ... Sein Chauffeur geht um den Wagen herum ... Jetzt öffnet er die Tür ...«

Ich überlegte mir, was ich zu ihm sagen würde. Vielleicht sollte ich ihn zu seiner letzten großen Rede beglückwünschen? Aus meinen Augenwinkeln konnte ich sehen, wie sich Professor Maroms Lippen stumm bewegten. Offensichtlich feilte er an einer improvisierten Festrede.

Was Ilana betraf, so stellte sie fest, daß der Taschenspiegel nicht ausreichte. Sie verschwand blitzschnell im Badezimmer des Gastgebers.

Die Tür ging auf und Bopkes strömte herein.

»Wie schön, daß du doch noch kommen konntest, mein lieber Avigdor.« Dr. Mück blickte stolz umher, um sich zu vergewissern, daß alle den vertraulichen Ton würdigten. Die beiden Seligs schüttelten ergriffen Bopkes Hand.

»Herr Major«, begann Erna nach einem tiefen Knicks, »springen Sie noch immer mit ihrem Fallschirm?«

»Gestatten Sie, unserer Hoffnung Ausdruck zu verleihen«, stieß Beni Rotholz hervor, »daß wir Sie bei unserem nächsten Zusammentreffen schon mit ›Herr Minister‹ ansprechen dürfen.«

Ilana stürzte aus dem Badezimmer hervor, packte Bopkes am Ärmel und beschwor ihn ekstatisch, demnächst ihr Studio zu besichtigen.

Dann war ich an der Reihe.

»Gesegnet der Staatsmann, welcher ein Volk … ich meine … gefolgt der Segen, welchen eine Führerpersönlichkeit … verführt der Segen … verfrüht das Volk, welches sägt …«

Mit beiläufigem Lächeln blickte der Abgeordnete Bopkes durch mich hindurch, als ob ich Luft wäre. Offensichtlich dachte er an etwas anderes.

»Also Freunde«, sagte er endlich, »will mir denn keiner etwas zu trinken anbieten?«

Wie von der Tarantel gestochen, stürzten Dr. Mück

und Felix gleichzeitig zur Bar, stießen zusammen und wanden sich auf dem Teppich.

Professor Marom nutzte die Verwirrung, indem er sich von hinten an Bopkes heranschlich. Er erkundigte sich nach der nächsten Versammlung von Bopkes »Neuer Patriotischer Allianz«, welcher er demnächst beizutreten beabsichtige.

Bopkes sagte nichts. Er erhob mit einer müden Geste sein Glas und trank dem Gastgeber zu. Dann erschien sein Leibwächter und flüsterte ihm etwas ins Ohr, worauf beide davoneilten, um einer Sitzung zur »Revision des Wiederaufbaus« beizuwohnen.

Wir waren wieder unter uns. Erschöpft, aber glücklich, wenn auch ein bißchen enttäuscht, weil der Besuch zu kurz war. Meine Hände zitterten noch immer. Erna fächelte mit einer Zeitung ihre vor Erregung glühenden Wangen. Felix stand vom Teppich auf und staubte seine Hose ab.

»Keine Frage«, sagte er, »ein Halunke durch und durch.«

Arme Könige

Seltsame Gesetze herrschen im Reich der Demokratie.

Könige regieren es mit starker Hand, stellen ohne mit der Wimper zu zucken den ganzen Staat auf den Kopf, ziehen in den Krieg und stiften Frieden, wann und wie sie wollen, Leben und Tod liegen in ihrer Hand. Ihre Untertanen kennen die Könige der Demokratie so gut wie gar nicht, denn die mischen sich niemals unter das Volk, sie herrschen ungestört in einsamen Höhen.

Alle vier Jahre aber muß der jeweilige König von seinem Thron herabsteigen, sich in Lumpen hüllen und durch das Land ziehen, um als Clown zu debütieren. Er tritt bei Hochzeiten auf, auch bei einfachen Partys, er unterhält die Gäste mit Witzen, Liedern und akrobatischen Tänzen, wobei er sich selbst auf dem Klavier oder mit dem Saxophon begleitet und im Chor singt: »Durch Volkstanz zum Volksglanz.« Der König muß in dieser Zeit nämlich in Reimen sprechen: »Sei nicht doof, wähl den Hof!« schreit er zwischen zwei Saltos oder: »Du, du, du – wähle FDU!« Das einzige, was ihn von einem echten Clown un-

terscheidet, ist, daß das Publikum keinen Eintritt bezahlt, um ihn zu sehen, sondern von ihm dafür sogar noch Geld kriegt.

Es gibt viele Wege, die Leute zu unterhalten. Hin und wieder muß der König Personen angreifen, die er eigentlich schätzt, und er nennt sie dann »Lügner und Schweine«. Auf anderen Hochzeiten nennen andere Könige ihn dafür »Esel und Gauner«, und das Publikum amüsiert sich. Das ist schließlich die Hauptsache. Der König tritt auch als Hellseher auf, prophezeit allen Anwesenden einen hohen Lottogewinn und zahlt sogar einen Vorschuß darauf. Manchmal entpuppt er sich als Gedächtnisvirtuose und deklamiert Wort für Wort ganze Sätze, die seine Rivalen schon vor zwölf Jahren von sich gegeben haben. Er antwortet jedem Knirps, der etwas wissen will, er drückt schmutzige Hände, ißt und trinkt mit den Feiernden, tanzt Tango, Csárdás und Kasatschok. Monatelang trägt er eine Maske.

»Alle haben's schon erkannt, ich bin der König im ganzen Land«, singt er, aber bei seiner langen Tournee kann es schon einmal vorkommen, daß er mit Tomaten oder faulen Eiern beworfen wird. Elegant wie ein Ballett-

tänzer weicht der König aus und singt weiter, was vom Publikum mit anhaltendem Applaus akklamiert wird. Er ist auch ein ausgezeichneter Akrobat, unser König, er stellt einen Stuhl auf den anderen, springt im Flickflack auf die rechte Hand, wobei er mit seinen Füßen einen Ball jongliert, mit der linken Hand Kaugummi und Pralinees verteilt und gleichzeitig sein Programm für soziale und pädagogische Reformen verliest. Dieser brillante akrobatische Akt kann jeweils nach der Größe und der demographischen Zusammensetzung seines Publikums variiert werden wie auch sein politisches Credo.

Nach einigen Monaten kehrt er auf seinen Thron zurück. Er regiert seine Untertanen mit starker Hand. Ohne mit der Wimper zu zucken stellt er den ganzen Staat auf den Kopf, zieht in den Krieg und stiftet Frieden, Leben und Tod liegen in seiner Hand. Für weitere vier Jahre. Eigentlich ein armer König. Sehr arm.